suhrkamp taschenbuch 3909

Der TV-Produzent Rainer, furios gespielt von Moritz Bleibtreu, ist ein Zampano des »Unterschichtenfernsehens«: Unaufhörlich koksend, entwickelt er Shows der stumpfesten, vulgärsten Sorte. Dann wird er von einem jungen Mädchen angefahren, frontal und mit voller Absicht. Pegah (Elsa Gambard) wollte sich für den Tod eines geliebten Menschen rächen, und Rainer begreift, daß er für hohe Einschaltquoten über Leichen gegangen ist. Ein paar Alpträume später beschließt er, sein Leben zu ändern, und macht sich auf einen Guerilla-Feldzug gegen die quotenbesessene Unterhaltungsindustrie.

*Free Rainer – Dein Fernseher lügt* ist ein mitreißender Film über individuellen Widerstand gegen die Verhältnisse. Hans Weingartners Buch begleitet ihn und ist zugleich ein kritisches Handbuch zu einem brisanten Thema. Es enthält essentielle Szenen des Drehbuchs, erhellende Beiträge von TV-Insidern über Quoten und die Hintergründe der geistigen Verflachung des öffentlich-rechtlichen Fernsehens, Gespräche mit Hans Weingartner und Moritz Bleibtreu sowie zahlreiche Fotos.

Hans Weingartner, 1970 in Feldkirch, Österreich, geboren, ist einer der wichtigsten jungen deutschsprachigen Filmemacher, der besonders durch seine unmittelbar politischen Themen Furore macht. Sein Film *Die fetten Jahre sind vorbei* (2004) mit Daniel Brühl und Julia Jentsch war einer der Überraschungserfolge der vergangenen Jahre und kam in über 50 Ländern ins Kino.

# Free Raainer

## Dein Fernseher lügt

*Ein Filmbuch von*
*Hans Weingartner*

Mit Beiträgen von
Jürgen Bertram, Markus Ehrenberg,
Hinderk M. Emrich, Katharina Held,
Bettina Schuler und Gustav Seibt

Suhrkamp

Umschlagfoto: Jim Rakete / kahuuna films

suhrkamp taschenbuch 3909
Erste Auflage 2007

Druck: Druckhaus Nomos, Sinzheim
Printed in Germany
Umschlag: Göllner, Michels, Zegarzewski
ISBN 978-3-518-45909-6

1 2 3 4 5 6 – 12 11 10 09 08 07

# Inhalt

## Vier Stunden

*Ein Vorwort von Hans Weingartner*

Vier. Mit der Zahl Vier hat alles begonnen. Vier Stunden am Tag. So lange sieht der Mitteleuropäer im Durchschnitt täglich fern.

Als ich diese Zahl eines Morgens in der Zeitung las, konnte ich es erst nicht glauben. Das konnte einfach nicht stimmen. Rechnen wir mal acht Stunden zum Schlafen, acht Stunden für die Arbeit, eine Stunde für den Weg von und zur Arbeit, eine Stunde für Nahrungsaufnahme und -abgabe, eine Stunde für die elementare Körperpflege. Es verbleiben: fünf Stunden. Moment mal: Das würde ja bedeuten, der Mitteleuropäer verbringt achtzig Prozent seiner Freizeit vor dem TV-Gerät. Das bedeutet: eine Stunde am Tag zum Leben.
Ich las den Bericht noch mal gründlich durch. Hatte ich mich auch nicht verlesen? Nein. Da stand es schwarz auf weiß: vier Stunden. Sofort kamen die alten Bilder hoch: blasse Zombies vor blauen Röhren sitzend, ferngesteuert, nur noch entfernt an menschliche Wesen erinnernd.
Aber das Thema ist doch durch, dachte ich als nächstes. Neil Postman, fernsehfreier Tag, Mamas Stimme im Ohr (»Fernseher aus!«). Wir haben jetzt Internet, neue Medien, W-LAN, YouTube – Fernsehen ist tot. Nimmt doch keiner mehr ernst.

Falsch gedacht. Der Fernsehkonsum steigt von Jahr zu Jahr. Wir hofften wohl, wir könnten das Thema loswerden, indem wir nicht mehr drüber reden, nicht mehr drüber nachdenken. Hat leider nicht funktioniert.

Ich legte die Zeitung weg und dachte nicht mehr daran. Doch es war wie mit allen Themen, die etwas tief drinnen in dir auslösen: Sie lassen dich nicht mehr los. Wie aber einen Film darüber machen? Ist zu dem Thema nicht schon alles gesagt worden? Und in welcher Form? Eine Mediensatire? Gott bewahre. Daran sind schon andere gescheitert. Film im Film oder Fernsehen im Film, wer will das noch sehen. Das gab es schon in allen Variationen.

Ebenfalls in der Zeitung, auf einer anderen Seite, wurden üblicherweise die Fernsehquoten des Vortages gezeigt. Als Medienarbeiter liest man die natürlich. Moment mal, dachte ich eines Tages, woher kommen diese mysteriösen Zahlen eigentlich? Woher wollen die verdammt noch mal wissen, wer gerade was guckt? Und was bedeuten diese winzigen kryptischen Bildunterschriften unter den Zahlen? Ich informierte mich und begegnete einer magischen schwarzen Box. Der Quotenbox.
Als altem Verschwörungstheoretiker war mir natürlich sofort klar, daß ich einer gigantischen Verschwörung auf der Spur war. Schon konnte ich ihren kalten Atem spüren. Dieser schwarze Kasten verspottete uns, gaukelte uns etwas vor. Männer in dunklen Anzügen saßen in Hinterzimmern und bestimmten täglich unser geistiges Schicksal, planten die allumfassende Gehirnwäsche. Kauf dich glücklich, geh zur Arbeit, zahl deine Steuern, klau nicht im Supermarkt, respektiere Uniformen, den Reichen geht's auch nicht besser. Sie programmieren uns wie Roboter, sie steuern uns fern mit dieser bläulichen Bestrahlungsmaschine. Die Fernbedienung lag nicht in unserer Hand, sie lag ganz woanders.

Ich hörte mich um. Niemand hatte so eine Box zu Hause. Niemand kannte jemanden, der so eine Box zu Hause hatte.

Niemand kannte jemanden, der jemanden kannte, der so eine Box zu Hause hat. Dabei wissen wir doch von friendster.com, daß über sechs Ecken jeder Erdbewohner den anderen kennt. Warum werden die Adressen geheimgehalten? Warum werden nicht einmal Berufe und soziale Schicht der Testfamilien preisgegeben? Es war sonnenklar: Die Boxen existieren gar nicht.

Ein packender Verschwörungsthriller war schnell geschrieben. Die *Drei Tage des Condor* waren ein Scheiß dagegen. Die Seiten flogen nur so aus meinem Drucker.
Doch als ich am nächsten Tag unter einem Berg Papier aufwachte, hatte ich einen dieser Erleuchtungsmomente: Wenn an der Sache was grundfaul war, wäre es in dreißig Jahren irgendwann aufgeflogen. Millionen von Enthüllungsjournalisten weltweit sind doch Tag und Nacht auf der Jagd nach genau dieser Story. Dafür würde es Pulitzer-Preise regnen.

Das Quotenerfassungssystem war altmodisch und nicht besonders genau, und gerade etwas außerhalb der Norm lebende Leute wie Sie und ich (Hallo, welcher normale Mensch würde schon dieses Buch kaufen?) wurden trotz ihrer enormen Kaufkraft nicht erfaßt, aber es konnte kein organisierter Betrug sein. Zum Glück hatte ich mir gerade diesen Papierschredder angeschafft, der beim Zerkleinern so ein angenehmes Geräusch machte.

Und zum Glück gibt es mittlerweile .doc-Dateien. Denn Wochen später kam das Problem zur Lösung oder umgekehrt – ich glaube, ich stand gerade unter der Dusche. Die alte revolutionäre Taktik! Mach die Stärke des Systems zu seiner größten Schwäche. Dreh den Spieß um!

Unser System funktioniert subtiler als zu Zeiten der großen Diktatoren. Das Diktat ist unsichtbar geworden. *Dschungelcamp* statt Stasi. *Der Arzt, der die Frauen versteht* statt Wochenschau.

»Mach kaputt, was dich kaputt macht« hatten wir schon. »Wirf die Glotze aus dem Fenster« würde höchstens Sony & Samsung Rekordumsätze bescheren, ist außerdem nicht elegant genug. Revolution muß heute Stil haben.

Also schrieb ich den zweiten und dritten Akt des Exposés, das unter Quotenterror.doc abgespeichert war, um. »Wir machen was ganz anderes«, sagt Pegah. »Wir tauschen die Boxen aus und machen die Quoten selber.«

Die große Utopie. Der geistige Frühling. Wir sind (doch) klug. Menschen, die wieder leben, anstatt sich ihr Leben in 2D vorleben zu lassen. Wer bist du denn da neben mir auf dem Sofa? Mein Sohn? Bist du groß geworden! Oh, was ist denn das für ein Haufen zusammengeheftetes Papier, und warum sind die Seiten durchnumeriert? Diese attraktive Frau im Treppenhaus, wohnt die auch hier? Vielleicht sollten wir mal spazierengehen. Was, du machst auch unbezahlte Überstunden? Unser Chef fährt eine 20-Meter-Yacht und wir nur Straßenbahn? Er spielt Golf und wir nur Channelhopping? Wir sollten etwas unternehmen.
Mir war klar, daß mein Ansatz des trickreichen Aktionismus wieder Gegenwind bei meinen alten Freunden hervorrufen würde: denjenigen unter den Revolutionären des letzten Jahrhunderts, die auf die Seite des Kapitals gewechselt waren und dort jetzt erbittert ihren Verrat verteidigen, indem sie auf alles einhacken, was nach Widerstand aussieht. Ihre Waffe ist der Zynismus, mein Schild die Naivität. Ich

spreche aus, was schiefläuft und wo die Ursache liegt, anstatt stundenlang die traurigen Gesichter der Unterdrückten zu filmen. Klar liege ich manchmal falsch, aber ich habe es wenigstens versucht. In den meisten gesellschaftskritischen Filmen heute wird die Aussage immer weiter reduziert, um bloß nichts Falsches zu sagen. Doch es geht darum, bei jedem Film die Hosen ganz und gar runterzulassen. Und hey: Wer schlägt schon einen nackten Mann?

Wir leben in einer ökonomischen Weltordnung. Wertvoll ist, was Geld bringt. Ein Fernsehbeitrag ist erst dann gut, wenn er Quote macht. Diese Haltung hat längst die Kunst erfaßt. Ein Maler gilt erst dann als gut, wenn der Verkaufswert seiner Bilder die Millionengrenze überschritten hat. Als erfolgreich gilt ein Film erst dann, wenn er über eine Million Zuschauer »macht«. Doch die totale Ökonomisierung des Geistes, auf die wir zusteuern, wird letztendlich zur Abschaffung desselben führen. Der kleinste gemeinsame Nenner führt zur Herrschaft des Primitiven.

Jedenfalls wurde mir klar, daß man der Absurdität des selbstgewählten geistigen Niedergangs, besser gesagt des selbstgewählten Unglücks, nur in satirischer Form beikommen konnte. Mit dem Stichwort »Unterschichtenfernsehen« gab mir Dirty Harry den weiteren Fortgang der Handlung vor. Eine kleine Elite kann die Massen nie befreien, das wissen wir spätestens seit der russischen Revolution. Die Unterschicht kann sich nur selbst aus der geistigen Versklavung retten. So kamen Bernd, Gopal, Harry, Sebastian und Karl-Heinz ins Spiel. »Laß uns mal machen«, sagen sie zu Rainer.

Sich selbst an den Haaren aus dem Sumpf ziehen, das hat im Film immer schon wunderbar funktioniert. Und in der Realität? Wir werden sehen.

An dieser Stelle möchte ich Rainer aus einer alten Drehbuchfassung zitieren: »Wir haben die Menschen aufgerüttelt, das ist schon viel wert. Was sie jetzt draus machen, bleibt ihnen überlassen.«

Mal sehen, was passiert.

## Free Rainer – Dein Fernseher lügt

Auszüge aus dem Drehbuch
von Katharina Held und Hans Weingartner
Drehbuchbearbeitung: Maggie Peren

*Editorische Notiz: Die hier abgedruckten Auszüge entsprechen weitestgehend dem ursprünglichen Drehbuch. Sie umfassen deshalb auch Szenen, die im Film nicht enthalten sind, und stimmen nicht zwangsläufig mit dessen Wortlaut überein.*

## Die Hauptfiguren und ihre Darsteller

Moritz Bleibtreu als RAINER

Elsa Sophie Gambard als PEGAH

Milan Peschel als PHILLIP

Simone Hanselmann als ANNA

Gregor Bloéb als MAIWALD

Tom Jahn als BERND

Robert Viktor Minich als HARRY

Andreas Brandt als KARL-HEINZ

Ralf Knicker als SEBASTIAN

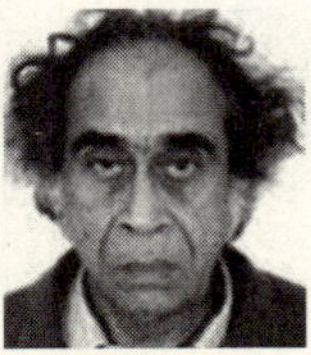

Irshad Panjatan als GOPAL

Chiara Steinbauer als MAREIKE

Doris Golpashin als
MODERATORIN von
*Hol dir das Superbaby*

Us Conradi als FRAU ARNIM

### Am See

Abendstimmung an einem einsamen Waldsee. Am Ufer steht Pegah. Sie trägt einen Profi-Badeanzug und eine Profi-Schwimmbrille. Sie holt Schwung und springt professionell ins Wasser. Sie krault schnell und geschmeidig durchs Wasser.

Totale: Pegah gleitet über den einsamen See.

### Fernsehsender

Rainer geht durch das Foyer des Senders. Er ist kaum zwei Schritte weit, da hat ihn ein gutaussehender junger Mann eingeholt. Er trägt Anzug und Krawatte und macht den Eindruck eines karrieregeilen Strebers. Glattrasiert und sauber. In der Hand hält er einen Folder mit einem Konzept, mit dem er herumwedelt.

JUNGER MANN
Hätten Sie vielleicht eine Sekunde Zeit? Ich hab da 'ne Wahnsinnsidee, die muß ich Ihnen unbedingt erzählen …

RAINER
Zeit hab ich keine, aber schieß los.

Der junge Mann läuft eifrig neben ihm her, redet schnell, sie verlassen das Gebäude.

JUNGER MANN
Ganz kurz. Also, es ist doch so, die Leute stehen doch so tierisch auf *Titanic*, oder? Jetzt folgendes. Wir stecken die Leute in Kostüme aus der Zeit. Dann kommen sie auf ein Riesenschiff, jede Kajüte mit Kameras. Sie wissen schon, die Reichen aufs Sonnendeck, die Armen unten eingepfercht. Dann wird um Geld gespielt, z. B. mitten in der Nacht die Rettungsboote runterlassen oder … *(sieht Rainers genervten Blick)* oder was anderes … Nach dreißig Tagen wird das Schiff gekentert, und wer dann reich ist, darf sein Geld behalten, und wer arm ist, fällt ins Wasser, verstehn Sie? Quasi *Titanic* meets *Big Brother*. Stellen Sie sich mal die Quoten am Samstagabend vor, das wäre ein absoluter Hit, garantiert!

Sie sind bei Rainers teurem dunkelgrauen, englischen Turbo-Sportwagen-Coupé angelangt. Rainer sieht ihn überheblich grinsend an. Kurzer Blickkontakt. Dann reißt ihm Rainer das Konzept aus der Hand.

RAINER
Ich seh's mir mal an.

Er öffnet die Tür zu seinem Auto und steigt ein. Im Auto wirft er das Papier achtlos und kopfschüttelnd nach hinten.

RAINER *(murmelnd)*
Spast.

Er startet den Wagen und läßt den V12-Motor aufbrüllen. Das Auto macht einen Satz nach hinten. Doch weit kommt er nicht. Ein querparkendes Auto versperrt ihm den Weg. Rainer brüllt vor Wut und haut gegen das Lenkrad. Dann beruhigt er sich wieder, setzt wieder ein Stück vor, legt dann cool den Rückwärtsgang ein und … rammt das Auto einfach aus dem Weg. Der junge Mann beobachtet das Manöver fassungslos. Diabolisch lachend fährt Rainer davon. Der Wagen hat eine große Beule hinten seitlich.

***

## Vor dem Saal

Rainer und Anna eilen durch den riesigen luxuriösen Vorraum einer Veranstaltungshalle. Rainer trägt einen teuren, glänzenden Anzug, Anna ein kurzes figurbetontes Abendkleidchen. Aus der Halle dringt leise eine Ansprache, Zwischenapplaus. Plötzlich tritt das junge Mädchen in ihren Weg: Pegah. Sie fixiert Rainer mit durchdringendem, klarem Blick.

PEGAH
Entschuldigung, sind Sie Rainer Käthner?

Rainer guckt sie fassungslos an. Was will die denn jetzt, sieht die nicht, daß wir's eilig haben?

RAINER *(mühsam beherrscht)*
Ja, wieso?

PEGAH
Sie machen doch *Report 24*, oder?

RAINER
Ja, und? Kennen wir uns? Wie sind Sie überhaupt hier reingekommen??

PEGAH
Geben Sie mir ein Autogramm?

Sie streckt ihm einen Schreibblock hin. Ihr Gesichtsausdruck paßt aber überhaupt nicht zu einem Autogrammjäger. Sie sieht Rainer so an, daß es ihm ganz anders wird.

Nicht böse, nicht begeistert, sie sieht ihn einfach nur an. Rainer wirft nicht mal einen Blick auf den Block.

RAINER *(kaltschnäuzig)*
Nee.

Dann nimmt er Anna und zieht sie weiter Richtung Eingang. Pegah bleibt zurück, guckt den beiden ruhig und ernst nach.

ANNA
Wer war das denn?

RAINER
Keine Ahnung, irgendeine Irre. Komm, wir haben's eilig.

Sie erreichen die Tür, ein Ordner öffnet pflichtergeben die Tür. Sie betreten einen großen Saal voller Menschen in Galagarderobe, die um kleine Tische sitzen und der Rede einer kleinen Frau mit Brille, Glitzerstrickjacke, raspelkurzen Haaren und einem dünnen Stimmchen lauschen. Eine Hosteß legt den Finger auf die Lippen und führt sie zu ihrem Tisch ganz vorne.

REDNERIN
… und das haben wir nicht zuletzt unserem Programmdirektor Dieter Maiwald zu verdanken. Durch seine klugen Entscheidungen und sein schnelles Handeln ist es uns auch im letzten Quartal wieder gelungen, unseren Marktanteil von durchschnittlich 17,9% zu halten.

Heftiger Applaus. Ein Spot richtet sich auf einen Mann um die fünfzig an ihrem Tisch. Der Mann, Maiwald, deutet im

Sitzen eine Verbeugung an. Neben ihm sitzt eine blonde, sehr attraktive junge Frau, Maiwalds Freundin Joanna. Rainer nickt beiden zu.

REDNERIN

… der andere Mann, ohne den unsere Vorreiterstellung undenkbar wäre, der Macher von *Report 24* und *St. Pauli TV*, hat mit seinem bahnbrechenden Format *Hol dir das Superbaby* auch in den Monaten Juli, August, September wieder sämtliche Rekorde gebrochen: Rainer Käthner!

Kaum hat Rainer sich gesetzt, richtet sich schon der Spot auf ihn. Die Leute jubeln und klatschen. Anna strahlt und applaudiert ebenfalls. Rainer nimmt den Applaus verkniffen lächelnd hin und winkt, atmet dann aus, als der Spot nicht mehr auf ihm ruht. Maiwald beugt sich zu ihm rüber, an Nicole vorbei.

MAIWALD

Ich dachte schon, diesmal schaffst du's nicht mehr.

RAINER

Ich kenn den Text noch vom letzten Mal.

Maiwald lacht. Rainer zündet sich eine Zigarette an, inhaliert gierig. Seine Augen haben etwas Fiebriges.

Später. Die Party ist in vollem Gange. Dichtes Gedränge, riesige Buffets und Champagner, lächelnde, diensteifrige Hostessen. Die Stimmung ist von einer seltsam aggressiven Verklemmtheit. Die Gesichter scheinen einen anzuspringen. Zu viele Egos auf zu engem Raum, die mühsam gebändigt werden müssen. Viele Frauen haben ähnliche Frisuren,

kinnlang und blond gesträhnt. Jeder ist in ein wichtiges oder witziges Gespräche vertieft und hört aufmerksam zu. Rainer schiebt sich mit Anna, die ein Dauerlächeln zur Schau trägt, durch die Menge. Sein Blick ist suchend, er amüsiert sich definitiv nicht. Er kennt fast jeden, grüßt distanziert nach allen Seiten, wechselt mal hier, mal da ein paar Worte. Eine blutjunge blonde Schauspielerin, Typ attraktiv und unschuldig, wendet sich aufgeregt an ihn.

SCHAUSPIELERIN
Herr Käthner?

Rainer erkennt sie nicht, das Mädchen bemerkt das nicht.

SCHAUSPIELERIN
Vielen, vielen Dank, daß Sie mir diese Chance gegeben haben. Ich *liebe* meine Rolle.

RAINER *(breit lächelnd)*
Ach, Julia, *Alles für die Liebe*, na klar!

Während er mit ihr spricht, grüßt er hinter ihr andere Leute, mega-arrogant.

RAINER
Sie machen das toll, ganz toll. Viel Erfolg noch.

Er läßt sie stehen und wird schon vom nächsten begrüßt, Herbert.

RAINER
Herbert … schön, dich zu sehen. Was macht dein TV-Movie, wie hieß das noch mal, *Der Pferdeschlitzer*?

HERBERT
Abgesetzt. Gewalt gegen Tiere. Ging nicht.

RAINER
Da gings doch um so 'n irren Typen, der Pferde mit dem Messer …

HERBERT
Jaja. *(verdreht die Augen)* Maiwald hat mir 'nen langen Vortrag gehalten, daß die Leute sich Tiere zwar aufs Brot schmieren, aber sofort im Sender anrufen, wenn im Fernsehen ein Hund getreten wird.

Rainer schüttelt pseudomitfühlend den Kopf. Anna hat Maiwald erspäht und zupft Rainer am Ärmel. Rainer winkt Maiwald zu, der mit einigen Männern am Tisch sitzt und das große Wort führt. Rainer gibt ihm mit dem Kopf ein Zeichen Richtung Ausgang. Maiwald nickt.

***

## Hochhaus, im Aufzug

Rainer kommt in den Aufzug, drückt sein Stockwerk und lehnt sich an die Wand, wippt nervös mit den Fußspitzen, den Blick zur Seite gerichtet, zieht noch einmal die Nase hoch, beseitigt Pulverreste. Die Aufzugstüren schließen sich gerade, da tritt im letzten Moment ein Mann ein und lehnt sich an die gegenüberliegende Wand. Rainer dreht den Kopf und erkennt ihn: Es ist Bergen, ein Schriftsteller, den Rainer von früher kennt.
Rainer flucht unterdrückt. Der Aufzug fährt los. Bergen beobachtet ihn ruhig, Rainer versucht seinem Blick auszuweichen. Man sieht Rainer eine unterschwellige Unsicherheit an, die er aber verbirgt. Bergens verschlossene Ruhe scheint ihn nervös zu machen. Bergen sieht ihn direkt an. Die Sekunden verrinnen, der Aufzug fährt nach oben.

BERGEN
Hör zu, Rainer, ich …

Rainer unterbricht ihn scharf.

RAINER
Schau mal, Günther. *(dreht den Kopf zu ihm)* Du als Schriftsteller entspannst dich vielleicht bei Gedichten über russische Waisenkinder im Schnee, aber der normale Mensch braucht hin und wieder ein bißchen … Blödsinn, um sich abzulenken. Unterhaltung.

BERGEN *(ernst)*
Rainer, hier geht's schon lange nicht mehr um Unterhaltung. Ihr züchtet da eine Horde von absolut identischen

Mutanten heran, die mit ihrem eingeschränkten Wortschatz durch die Welt trampeln und alles kaputtmachen, was sie nicht verstehen.

RAINER
Bullshit! Das ist doch Schwachsinn, also echt, ich kann's nicht mehr hören …

In dem Moment macht es einen Ruck und der Aufzug steht. Rainer geht sofort zum Bedienfeld und drückt wild auf die Knöpfe, nix passiert.

RAINER
Fuck!

Rainer geht wieder zu seinem Platz zurück.

BERGEN
Wir stecken fest.

Später. Rainer und Bergen haben sich auf den Boden gesetzt, Rücken an die Wand gelehnt. Bergen erwidert gerade sehr emotional eine Aussage von Rainer.

BERGEN
Informationen?! Den Arsch von Paris Hilton nennst du Informationen? Eine Gesellschaft, die einer verblödeten Tussi so viel Aufmerksamkeit schenkt, steht kurz vor dem Ende!

Bergen reicht ihm einen silbernen Flachmann, Rainer trinkt ein paar Schlucke.

RAINER
Ja, sicher, in den letzten Jahren hat's eine gewisse … Verflachung gegeben. Aber es ist doch auch … demokratisch, ja demokratisch, wenn wir die Leuten das sehen lassen, was sie sehen wollen …

BERGEN
Pah! Wäre es nicht eine Wohltat, wenn wenigstens einmal Leute auf der Bühne stehen würden, die was können? Wenigstens irgend etwas? *(spöttisch)* Das wäre auch gut gegen den Stillstand in Deutschland. Die Menschen würden wieder höhere Ansprüche an sich selber stellen, wenn ihnen nicht dauernd demonstriert wird, daß die größten Idioten das meiste Geld verdienen.

Rainer zieht den Flachmann an sich, nimmt ein paar tiefe Schlucke. Ziemlich angetrunken starrt er einen Moment säuerlich vor sich hin. Dann bricht es aus ihm heraus.

RAINER
Ach ja? Und was macht ihr dagegen, die »Intelligentzija«? Außer zu jammern und zu lamentieren? Nichts! Gar nichts. Im Gegenteil, ihr holt euch noch einen drauf runter, daß ihr euch jetzt so schön vom Pöbel abgrenzen könnt.

Bergen trinkt, sagt nichts.

RAINER
Wir kümmern uns um die Leute, die deine Bücher nicht mal mit der Kneifzange anfassen würden! Es kann halt nicht jeder vom Feuilleton gepimpert werden. Ich bin halt kein Künstler!

Er starrt wütend auf den Boden in der Mitte des Raums. Bergen sieht ihn müde an. Seine Stimme ist leiser.

BERGEN
Und deswegen darf bei dir jeder über Nacht zum Star werden, nicht wahr? Das ist deine Rache. Weil du kein Künstler bist.

Rainer lacht bitter auf.

RAINER
Hab nie behauptet, einer zu sein.

Bergen fixiert ihn jetzt direkt mit seinem Blick.

BERGEN
Wenn ich dran denke, was du damals im *Periskop* geschrieben hast. Das war so klug und auf den Punkt. Da war ich ein selbstverliebter Schwätzer dagegen. Und jetzt läßt du Spermien um die Wette rennen.

Rainer preßt die Lippen zusammen. Das scheint ihn schwer zu treffen.

RAINER
Na und? *(hohl, bitter, tonlos, geschlagen)* Fick dich doch ins Knie.

***

**Fernsehbühne in einem TV-Studio**

Die Bühne dreht sich langsam und ist gebaut wie ein riesiges weißes Spermium. Darüber steht in großen blauen Lettern der Titel der Show: *HOL DIR DAS SUPERBABY*.

Dann bleibt die Bühne frontal zum Publikum stehen. Der Spot geht an auf die Kandidatin Mareike, eine recht gewöhnliche junge Frau in Jeans mit Fransenfrisur, Typ Birgit Schrowange in jünger.

MODERATORIN
Soo, Mareike, wir wollen natürlich wissen, warum findet eine hübsche junge Frau wie du nicht den Mann zum Heiraten und Kinderkriegen?

Mareike blinzelt ganz verlegen.

MAREIKE

Also, meine Freundinnen sagen, ich bin 'ne richtige Perfektionistin. Wenn ich mir zum Beispiel Strähnchen in die Haare mache, dann müssen die ganz perfekt sein. Nicht so breite Blockstreifen, das kann schließlich jeder. Feine Strähnchen!! Und so ist das bei mir eben auch mit den Männern. Er muß vor allem treu sein, Arbeit haben und sauber sein. Und so was hab ich einfach noch nicht gefunden!

MODERATORIN

Na, dann kannst du froh sein, daß du zu uns gekommen bist. Denn wir befriedigen hier wirklich die allerhöchsten Ansprüche.

Sie spricht direkt in die Kamera.

MODERATORIN

Hier sind Frauen, die wissen, was sie wollen. Das Beste. Den Besten der Besten. Nur hier gibt es die endgültige Antwort. Hier muß ein Mann zeigen, ob er wirklich diese Bezeichnung verdient hat … bei unserem ultimativen Männlichkeitstest!

Das große Licht geht aus. Eine Monitorleinwand zeigt drei längliche, rechteckige Felder.

MODERATORIN

Vorhang auf für die kleinen Strolche!! Möge der Beste gewinnen!!

Wir sehen, wie sich Spermien vom rechten Bildrand ruckartig, zappelnd und teilweise orientierungslos (buchstäblich kopflos) nach links bewegen.

Das Publikum rastet aus. Grölen, Fußstampfen. Rufe: »Thommy, Thommy!«

## Fernsehsender, vor dem Studio

Von außen ist das Studio ein fensterloser Betonbau auf dem Sendergelände. Rainer steht neben der grauen Stahltür. Er trägt einen teuren, lässigen Anzug und ein Headset. Er hat dunkle Augenringe, ist blaß und unrasiert, so als würde er zu wenig schlafen, und wirkt nervös und angespannt. Die »Thommy!«-Rufe dringen schwach nach draußen.
Rainer hält ein kleines silbernes Döschen in der Hand, aus dem er mit einem kleinen Löffel Koks schöpft, das er sich an die Nase führt. Seine Hände zittern dabei so stark, daß er Mühe hat, das Nasenloch zu finden. Mit einer routinierten ruckartigen Bewegung zieht er sich das Koks rein (es ist ziemlich viel), zuerst ins linke, dann ins rechte Nasenloch. Dann steckt er die Utensilien wieder ein und zieht noch ein paarmal die Nase hoch, öffnet die Tür.

## Sender, Studioregie

Die Tür führt in einen abgedunkelten Raum. Eine Wand mit Dutzenden von Monitoren zeigt die Show aus den verschiedenen Kameraperspektiven. Das Publikum tobt immer noch, feuert die Spermien der Kandidaten an. Am Mischpult sitzt ein Assistent. Er ist um die 25, mit Surferfrisur und zwei T-Shirts übereinander. Rainer läßt sich erschöpft in den Ledersessel neben ihn fallen. Auf dem Pult steht eine Kaffeetasse, Rainer dreht nervös den Henkel so, daß er nach rechts zeigt. Der Assi wirft einen Blick zu ihm rüber. Rainer hat noch weißen Staub unter der Nase.

ASSI
Hey.

Er streicht sich mit Daumen und Zeigefinger über die Nase. Rainer versteht den Wink und säubert sich noch einmal den Bereich unter der Nase. Der Blick des Assis bleibt auf ihm hängen. Rainer sieht ihn an. Der Assi macht eine Kopfbewegung von Rainer zu ihm hin. Rainer brummt mürrisch und wirft ihm das Koksdöschen rüber. Der Assi legt sich kommentarlos eine dicke Line auf eine schon ziemlich verkratzte Stelle neben dem Mischpult.
Rainer wirkt angespannt und genervt, als müsse er einen lauten, lästigen Kindergeburtstag über sich ergehen lassen, wippt mit dem rechten Fuß. Sein Blick bleibt bei den begeisterten Gesichtern der Frauen in der ersten Reihe hängen. Er kneift die Augen zusammen, beobachtet sie kurz und schnaubt mit einer Mischung aus Faszination und Ekel.

RAINER
Wußtest du, daß die Show vom demographischen Institut gesponsert wird?

Der Assi schüttelt den Kopf, während er die Line mit der Zugangskarte des Senders kleinhackt und einen Geldschein zusammenrollt.

ASSI
Nö.

RAINER
Die deutsche Frau liefert nur noch 1,4 Kinder im Leben ab. Für die Renten brauchen wir aber 2,1. Denen ist lieber, die Leute kriegen ihre Kinder im Fernsehen als gar nicht.

Der Assi guckt kopfschüttelnd auf den Monitor, wo Mareike greinend die Spermien anfeuert.

ASSI
Wenn meine Mutter das mit mir gemacht hätte, würde ich sie verklagen.

Rainer nickt knapp.

RAINER
Das wird dann ’ne eigene Show.

Der Assi beugt sich über das Koks, zieht es mit einem Ruck hoch. Er hebt den Kopf, seine Augen tränen.

ASSI
Boah, ist das stark.

Rainer schnaubt nur verächtlich, verlangt mit einer Geste das Döschen zurück, der Assi wirft es ihm rüber. Ein Schwall von Blut beginnt aus Rainers Nase zu rinnen. Rainer merkt es erst, als ihm das Blut über die Lippen rinnt.

RAINER
Scheiße!

Er greift sich ein paar Kleenex aus einer bereitstehenden Schachtel und drückt sie gegen die Nase, doch die Blutung wird nur noch stärker. Fluchend nimmt er sich einen tragbaren Watchman mit, auf dem er die Show verfolgen kann, hält sich den Ärmel seines weißen Hemdes unter die Nase und verläßt den Raum.

### Sender, Gang, Tag

Rainer geht den Gang entlang, hält sich die Nase, sein Hemd ist schon voller Blut, er schwitzt, flucht. Parallel sieht er auf den Monitor des Watchman: Ein Spermium hat das Ziel erreicht, das entsprechende Kästchen blinkt rot auf. Eine Fanfare ertönt, hemmungsloser Jubel. Das große Licht geht an. Das Publikum tobt und schreit laut.

### Sender, WC, Tag

In der Toilette stellt er den Watchman auf die Ablage beim Spiegel und reißt Papier aus den Handtrocknern. Seine Nase hört nicht auf zu bluten. Im Monitor wird gerade der Spender des Siegerspermas auf die Bühne geholt:

MODERATORIN

Es war spannend bis zur letzten Sekunde, aber der Sieger steht fest: Heiko, der sportliche Nichtraucher aus Kiel, ist unser Mann mit dem besten Sperma. Schnell, zuverlässig, Hochleistungssperma sozusagen, hahaha …

Heiko kommt sportlich die Treppe runter, winkt seinen Kumpels im Publikum zu, die ein großes Schild – »Heiko Superstar« – hochhalten. Die Moderatorin kommt ihm mit Mareike entgegen. Mareike beglückwünscht Heiko, sie umarmen sich.

MODERATORIN

Darf ich bekannt machen: Heiko, der zukünftige Vater deines Kindes, Mareike. Wie fühlt man sich in so einem Moment?

MAREIKE

Glücklich. Ich bin einfach nur glücklich.

Rainer schlägt den Watchman zu. Leider geht der Ton weiter.

MODERATORIN *(off)*
Für unsere Kandidatin Mareike ist heute ihr größter Wunsch in Erfüllung gegangen. Während sie in der schönen Landschaft Baden-Württembergs in einem Wellnesshotel relaxt …

Rainer hantiert hektisch an dem Watchman herum, bekommt den Ton aber nicht ausgestellt.

MODERATORIN
… werden Spezialisten der Uniklinik Heidelberg der Natur mit dem optimalen Erbgut auf die Sprünge helfen. Wenn auch Sie sich nichts sehnlicher wünschen als ein Kind, aber einfach nicht den richtigen Mann finden, bewerben Sie sich unter …

Rainer knallt den Watchman gegen das Waschbecken, endlich geht der Ton aus.

***

### Straße, im Morgengrauen

Eine dreckige Rotlichtbar in einer tristen Gegend, die in dem blaugrauen Licht noch trister wirkt. Es ist schon hell, in der Entfernung hört man Straßenreinigungsautos.
Die Tür öffnet sich, herausgewankt kommt Rainer, völlig besoffen. Das Licht blendet ihn, er hält sich schützend die

Hand vor die Augen und verzieht das Gesicht. Er schleppt sich bis zur nächsten Ecke, dann muß er sich an die Hauswand lehnen. Umständlich fummelt er eine Zigarettenpakkung aus seiner verdreckten Anzugjacke. Die erste Zigarette fällt ihm auf den Boden. Er nimmt eine neue raus und steckt sie sich in den Mund, zündet sie an. Er raucht und sucht in seinem Suff nach einem Aschenbecher. Da er keinen findet, ascht er sich in die geöffnete linke Hand. Einmal, zweimal. Dann nähert er sich plötzlich mit dem glühenden Zigarettenende der Handfläche. Näher und immer näher. Plötzlich kriegt sein Gesicht etwas Brutal-Verzweifeltes, und er drückt in seinem Selbsthaß die Zigarette in der Hand aus, sich vor Schmerzen windend.

## In Pegahs Auto

Wir sehen zarte Hände, die sich um ein Lenkrad legen, es festhalten, und sehen durch die Windschutzscheibe, wie Rainer an der Ecke steht, zu seinem Auto wankt und einsteigt.

## Autofahrt, Tag

Rainer fährt durch die Vorstadt. Er schläft fast ein dabei. An einer roten Ampel muß er halten. Er beugt sich rüber zum Beifahrersitz, wühlt herum, findet das Koks-Briefchen. Hinter ihm hupt es. Rainers Blick fällt auf die Ampel. Sie ist grün. Rainer flucht und fährt los. Das Koksbriefchen fällt ihm aus der Hand, er bremst abrupt und bückt sich danach.

Da hört er ein Geräusch. Er dreht den Kopf nach rechts. Ein

großer schwarzer Schatten rast auf ihn zu. Für einen Sekundenbruchteil sieht er das Gesicht von Pegah. Ein ohrenbetäubender Aufprall, Metall birst, Glas explodiert, ein langes, schmerzhaftes Quietschen.

Totale: Ein verdreckter alter Jeep crasht wie ein Torpedo voll seitlich in Rainers Wagen, schleudert ihn über die Straße. Beide Autos kommen erst zehn Meter weiter zum Stehen.

Rainer hängt bewußtlos in seinem Gurt. Blut tropft von seiner Schläfe. Sein Wagen ist in der Mitte völlig eingedetscht, wickelt sich fast um die Kühlerhaube des alten Jeeps. Pegah hängt ebenfalls bewußtlos im Airbag. Blut rinnt ihr aus den Ohren und übers Gesicht. Über der Nase hat sie eine klaffende Wunde.

***

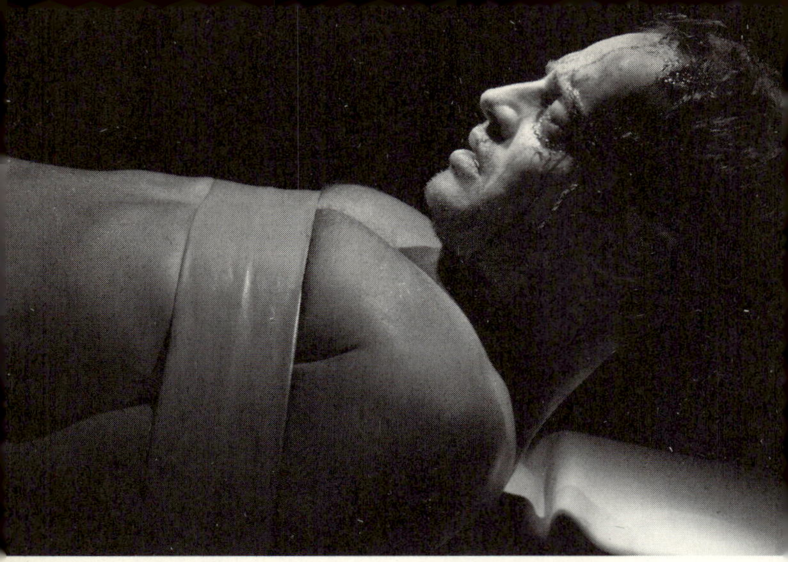

## Fernsehbühne

Wir tauchen in Rainers Halluzinationen ein. Rainer ist auf einer Liege festgeschnallt. Blut tropft über sein blaugeschwollenes Auge an der Schläfe, und an seinem rechten Bein befindet sich eine klaffende Fleischwunde. Um ihn herum ist alles dunkel, nur ein kalter Spot fällt auf ihn. Rainer richtet sich auf, zerrt an seinen Gurten.

RAINER
Hee, was soll das!! Hallo, hört mich jemand?

Aus dem Dunkel tauchen drei strahlende junge Ärzte in weißen Kitteln mit Stethoskopen um den Hals auf, die alle aussehen, als würden sie in einer Soap mitspielen. Einer von ihnen ist der Titanic-Ehrgeizling. Sie lächeln Rainer zuversichtlich an und schnallen die Fesseln noch enger. Rainer wehrt sich empört.

RAINER

Verdammt, was soll das??! Kann mir mal einer sagen, was hier los ist?

Es wird langsam heller. Rainer kann so was wie einen OP-Raum erkennen, mit riesigen OP-Lampen, technischem Gerät und einem kleinen Tischchen mit blitzenden Skalpellen.

Ein Spot geht an auf die Moderatorin aus der Anfangsshow. Sie trägt einen knappen Schwesternkittel und ein weißes Häubchen. Sie kommt eine breite Showtreppe runter, strahlt in die Kamera.

Rainers Kopf fliegt hektisch herum. Jetzt sieht er, daß überall Kameras aufgebaut sind. Auf einem Kandidatensofa sitzen Maiwald, Anna, die Rednerin von der Party und noch ein paar andere von der Party. Maiwald winkt ihm lächelnd zu. Rainer starrt ihn mit offenem Mund an. Dann die Moderatorin.

MODERATORIN

So, meine Damen und Herren, jetzt liegt es an Ihnen. Soll dieser Mann, der schuldig ist am Untergang des guten Geschmacks, der den Tod so vieler unschuldiger Gehirnzellen auf dem Gewissen hat, soll dieser Mann wirklich eine lebensrettende Operation bekommen?

RAINER

Wie??! WAS??

Die Moderatorin ignoriert ihn und zwinkert schelmisch ins Dunkle. Lachen vom Band.

Langsam weicht die Dunkelheit nach hinten, gibt Reihe für Reihe eine Zuschauertribüne frei. Pures Entsetzen. Auf den

Zuschauerbänken tummeln sich grunzende Karikaturen von Menschen. Stiernackige, bleichgesichtige, teilweise verfettete Idioten mit stumpfem, leerem Blick. Sie sind es nicht, die lachen, das können sie gar nicht mehr. Einigen läuft der Sabber aus dem Mund. Manche fressen Schweinshaxen. Einer bohrt in der Nase. Ein anderer kaut sich die Zehennägel ab. Einer hat sich eine Jacke über den Schoß gelegt, bewegt seine Hand darunter eindeutig. Ein etwa 50jähriger Mann versucht, eine Chipstüte zu öffnen. Es klappt nicht, schließlich patscht er sie zwischen seinen Händen kaputt. Die Chips fliegen auf den Boden, und der Mann trampelt wütend mit beiden Füßen drauf rum. Dann setzt er sich wieder, sieht die Chips böse an. Tränen laufen ihm übers Gesicht. Dazwischen grotesk stark geschminkte Frauen mit Luftballons unter den T-Shirts.

MODERATORIN
Verdient er wirklich eine Chance auf ein neues Leben? Bedenken Sie, dieser Mann ist dafür verantwortlich, daß Sie alle vollkommen verblödet sind. Er ganz allein.

Rainer windet sich hilflos auf seiner Liege. Er ist völlig außer sich, brüllt fassungslos.

RAINER
Das … das stimmt doch gar nicht!! Seid ihr völlig bescheuert?? Ich hab nie was anderes gemacht, als die Konzepte anderer Leute zu klauen!! Aus Amerika! Aus Japan! Alles schon dagewesen!!

Das Publikum hält einen Moment überrascht inne. Sie lassen ihre Schweinshaxen und Füße sinken und starren Rainer völlig überfordert an, dann hilfesuchend zum Nachbarn. Die Moderatorin ist von einem Kranz aus Scheinwerferlicht umstrahlt, lächelt Rainer sardonisch an.

MODERATORIN
Rainer, sie können dich nicht verstehen.

Dann wendet sie sich wieder zum Publikum.

MODERATORIN
Fällen Sie Ihr Urteil, meine Damen und Herren. Und immer dran denken: Falls Sie den falschen Knopf erwischen, ist es nicht Ihre Schuld, hahaha …

Das Publikum drückt umständlich die Knöpfe. Rainer sieht fassungslos zwischen ihnen und der Moderatorin hin und her. Er wendet sich an die jungen Ärzte, die hinten im OP stehen. Der eine pudert sich das Gesicht ab, der andere zupft sich ziemlich schwul die Augenbrauen, der dritte übt seinen Golfabschlag.

RAINER
Hört endlich auf mit dem Scheiß!! Laßt mich hier runter!

Sie hören ihn gar nicht. Ein schriller Alarmton erklingt. Zwei große, leuchtende Daumen neigen sich langsam zur Seite und zeigen dann nach unten. Die Moderatorin lächelt bedauernd, macht das Zeichen nach.

MODERATORIN
Tja, Rainer, game over.

Das Publikum randaliert kurz grölend, verschwindet dann langsam wieder im Dunkel. Die Moderatorin geht die Treppe hoch. Es wird immer dunkler. Rainer zerrt verzweifelt an seinen Gurten.

RAINER
Das könnt ihr doch nicht machen! Seid ihr wahnsinnig? Soll ich hier sterben??

Er reckt seinen Hals nach Maiwald, der gerade zusammen mit den anderen Kandidaten das Sofa räumt.

RAINER
Maiwald!! Tu doch was!! Sag ihnen, daß ich es nicht war!!!

Maiwald sieht ihn mitleidig an.

MAIWALD
Ach, Rainer, mach dir nichts draus. Es wären sowieso keine echten Ärzte gewesen.

Er verläßt als letzter den Raum, löscht das Licht. Das letzte bißchen Helligkeit verschwindet von Rainers Gesicht. Er schreit verzweifelt in die Dunkelheit.

## »Zyniker sind Angsthasen«

Ein Interview mit Hans Weingartner
zu seinem Film *Free Rainer – Dein Fernseher lügt*

*Wie sind Sie auf die Idee zu diesem Film gekommen?*

Ich liebe Verschwörungstheorien. Als ich eines Tages in der Zeitung las, daß *Gute Zeiten, schlechte Zeiten* die beste Tagesquote hatte, dachte ich mir: Das kann doch einfach nicht stimmen. Und was wäre, wenn diese Quote nicht stimmt? Was, wenn da eine Verschwörung im Gange ist, um uns absichtlich zu verblöden? Wieso habe ich in meinem Leben noch niemanden kennengelernt, der so eine Box hat, oder der jemanden kennt, der so eine Box hat? Bei meinen Recherchen hat sich dann tatsächlich herausgestellt, daß das Meßsystem gravierende Schwächen hat.

Gleichzeitig stört mich schon seit Jahren, daß wir alle seit Jahren den geistigen Verfall unserer Gesellschaft beobachten, aber nichts dagegen tun. Statt dessen gilt die Hingabe an den Schwachsinn als cool, vor allem in meiner Generation. Die neuen Helden sind Menschen, die in ihrem Leben noch kein Buch gelesen haben.

Es gibt Untersuchungen, die belegen, daß der Wortschatz der Menschen immer kleiner wird. Aus Briefen von Anfang des Jahrhunderts wissen wir, daß man sich damals wesentlich gewandter ausdrückte und eine reichhaltigere Sprache pflegte. Auch »einfache« Leute interessierten sich für komplexere Themen wie Politik oder Wissenschaft. Es gab eine viel reichere Diskussionskultur.

Dummheit ist gefährlich. Dummheit ermöglicht eine totalitäre Gesellschaft. Es gilt, was Phillip im Film sagt: »Die wollen die Gesellschaft spalten, und dann gibt's wirklich nur noch eine kleine Elite, die Zugang zu Wissen und Bildung und damit Macht hat. Und der Rest, die große Masse, Gamma Minus, die werden dumm gehalten. Und dann erzählen sie natürlich auch, daß die Juden an allem schuld sind, oder daß wir in den Irak einmarschieren müssen, Vietnam ...«

In *Die fetten Jahren sind vorbei* ging es um das materielle Auseinanderdriften unserer Gesellschaft, in *Free Rainer* um das geistige. Und das Bewußtsein formt das Sein bekanntlich ebenso wie das Sein das Bewußtsein.

*Woher kommt dieser Trend Ihrer Meinung nach?*

Die Idee der »Volksbildung« aus den Revolutionen des 18. Jahrhunderts, welche ja die Basis der modernen Republik schufen, wurde mittlerweile fast vollständig aufgegeben. Gerade Menschen mit geringen finanziellen Möglichkeiten bleibt nur das Fernsehen, um sich zu informieren. Sehen Sie sich nur den Zustand unserer Bibliotheken oder Schulen an. In Berlin haben wir die höchste Polizeidichte der Welt, aber die Schulen in der Stadt verrotten, die Lehrer werden schlecht bezahlt, und es gibt kaum Betreuer für sozial benachteiligte Jugendliche. Dem an der Macht stehenden Bürgertum ist die Wahrung seines Besitzes wichtiger als die Förderung des Bildungsniveaus der Bevölkerung. Ein Fehler, der verheerende Konsequenzen haben kann, wie die Geschichte schon mehrfach bewiesen hat.

*Warum behandeln Sie diese Thematik anhand des Mediums Fernsehen?*

Weil es das dominante Medium unserer Zeit ist. Der Mitteleuropäer sieht durchschnittlich vier Stunden Fernsehen am Tag. Und weil es die besten Möglichkeiten einer visuellen Umsetzung bietet.

*Wäre es theoretisch möglich, die Einschaltquoten zu manipulieren?*

Sicher, wenn man sich die Adressen der Testfamilien besorgt, wäre das kein Problem, aber darum geht es nicht, sondern um die Schwächen bei der Erhebung. Es stehen keine Boxen bei Ausländern. Jene zwanzig Prozent der Deutschen, die nichts an die GEZ bezahlen, werden nicht erfaßt. Zweitgeräte werden nur zu einem Bruchteil erfaßt, also auch kaum Jugendliche. Es gibt viele Schwachstellen. Warum die Werbewirtschaft das einfach so hinnimmt, ist mir ein völliges Rätsel. Ich habe mit vielen Verantwortlichen gesprochen, der Tenor lautet: Es war schon immer so, es gibt nichts anderes.

*Was würden Sie wirklich sehen wollen?*

Ich persönlich schaue mir im Fernsehen fast nur politische Reportagen und Naturdokumentationen an. Und ich liebe Fußballübertragungen, wie ich gestehen muß. Kinofilme sehe ich mir ausschließlich im Kino oder auf DVD an, denn die haben meiner Meinung nach im TV nichts verloren. Einen Kinofilm im Fernsehen zu zeigen ist, als würde man eine Oper in einer Eckkneipe aufführen.

*Wollen Sie mit Ihren Filmen nicht auch viele Zuschauer erreichen?*

Doch. Aber ich kritisiere ja nicht die Quote an sich, sondern die Heranziehung der Quote als vorrangiges oder sogar einziges Maß bei der Gestaltung von medialen Inhalten. Was vielen Leuten gefällt, muß noch lange nicht schlecht sein. »Qualität ist was für wenige Auserwählte – das ist doch Schwachsinn«, sagt Rainer im Film. Doch ich beginne meine Filme nicht mit der Frage »Wie kann ich möglichst viele Zuschauer bekommen«, sondern mit der Frage »Was will ich erzählen?«. Es geht also darum, wo man Prioritäten setzt.

Gleichzeitig lege ich Wert darauf, daß meine Filme auch von Leuten verstanden werden, die nicht zehn Jahre studiert haben. Man kann auch unterhaltsame Inhalte herstellen, ohne flach zu werden, aber das ist anstrengend und teuer. Da jedoch in der deutschen Fernsehbranche ein enormer Kostendruck herrscht, wird dort in erster Linie nach dem Motto »billig und trotzdem massentauglich« produziert. Konkret heißt das dann, daß die niedrigsten Instinkte und Triebe angesprochen werden, denen sich kein Homo sapiens entziehen kann: Sex, Gier, Eifersucht, Gewalt und Neid. Selbst ich bleibe beim Zappen durch die Kanäle hängen, wenn eine nackte Frau gezeigt wird. Das sind meine biologischen Triebe, dagegen kann ich mich nicht wehren.

*Worum geht es für Sie außerdem in »Free Rainer«?*

Um die Überwindung der Einsamkeit. In meinen Filmen geht es meist um sensible Außenseiter, die in der Gesellschaft nicht zurechtkommen. Sie treffen dann andere Außenseiter und schließen sich mit denen zu einer Gruppe zusammen, in der sie nicht mehr einsam sind.

Das System der Marktwirtschaft tendiert dazu, die Menschen zu vereinzeln: Drei Menschen, die alleine wohnen,

brauchen auch drei Kühlschränke. Und die kapitalistische Antriebsfeder des permanenten Wettbewerbs funktioniert nur, wenn jeder für sich lebt. In meinen Filmen versuche ich Gegenstrategien zu entwerfen.
Wie Rainer diese Gruppe der Underdogs befreit und ihrem Leben Sinn gibt, steht im kleinen dafür, was die Revolte der Gruppe in der gesamten Gesellschaft bewirken soll. Die Unterschicht befreit die Unterschicht vom Unterschichtenfernsehen, diese Idee fand ich irrsinnig romantisch.

*Erklären Sie die Entwicklung der Hauptfigur Rainer.*

Rainer ist dieser egomanische Medientyp, der nur für sich selbst lebt. Er fühlt sich nicht nur innerlich hohl und leer, er kommt auch äußerlich mit der virtuellen Plastikwelt, in der er lebt, nicht zurecht. Er fühlt sich tot und bekämpft dieses Gefühl mit Drogen. In gewisser Weise steht er damit für den modernen Menschen.

Das einschneidende Erlebnis des Unfalls verhilft ihm nach und nach zu der Erkenntnis, daß er nicht nur sein Leben, sondern vor allem sich selbst ändern muß, um glücklich zu werden. Pegah als seine Mentorin macht ihm klar, daß sein Zwang, andere Menschen zu kontrollieren und zu manipulieren, allein aus der Angst entstanden ist, nicht geliebt zu werden, und daß paradoxerweise genau dieses Verhalten letztendlich dazu geführt hat, daß seine schlimmste Angst wahr wurde.

In einem schrittweisen Heilungsprozeß lernt er, sich anderen Menschen zu öffnen und ihnen zu vertrauen. In diesem Fall sind das die Langzeitarbeitslosen und Pegah. Dafür bekommt er sehr viel zurück. Das gemeinsame Projekt gelingt, und er wird endlich geliebt.

*Welchem Konzept folgte die audiovisuelle Gestaltung des Films?*

Die Entwicklung der Figuren ist hauptsächlich in den Gesichtern der Darsteller zu lesen, aber wir haben natürlich auch gestalterische Elemente gesetzt. Die Farben gehen von kühl zu merklich wärmer. Der Schnittrhythmus wird beschaulicher, die Kamerabewegungen fließender. Die Schauplätze werden naturnäher, erdiger und lebendiger. Die Musik geht langsam von rein elektronisch zu einem Instrumentalsound über. Das Szenenbild ändert sich von glatt und geometrisch zu organisch und detailreich. Wir sehen also auch gestalterisch einer Menschwerdung zu.

*Wer sich Ihre Geschichten ansieht, findet eine Vorliebe für Träumer, die die Gesellschaft verändern wollen.*

Ich denke mal, die sollen mich selbst symbolisieren. Ich träume selbst diesen Traum, mit meinen Filmen die Gesellschaft verändern zu können. Das ist meine Motivation, Filme zu machen. Wenn ich nichts bewegen könnte, käme es mir sinnlos vor. Wenn Leute nach dem *Weißen Rauschen* zu mir kamen und meinten: »Jetzt verstehe ich endlich meinen schizophrenen Bruder«, hat mich das sehr gefreut. Oder wenn Psychologen sagten: »Danke für diese Szene, damit kann ich meinen Studenten zeigen, was in so einem Menschen vor sich geht.« Und wenn ein Film wie *Die fetten Jahre sind vorbei* im Kino fast 900 000 Zuschauer hat, dann beweist das, daß die Menschen noch nicht komplett im Schwachsinn und Zynismus versunken sind, daß man sie noch erreichen kann. Dieser und andere Filme haben vielleicht dazu beigetragen, daß politische Themen wieder »in« sind. Das bestärkt mich, in dieser Richtung weiterzumachen.

*Könnte man Free Rainer als ein modernes Märchen bezeichnen?*

Das Märchen liegt zu weit weg von der Realität, ich bevorzuge den Begriff Utopie. Für mich ist es eine moderne Utopie. Das beinhaltet, daß ich die Revolte, die die Gruppe in dem Film durchführt, so schön finde, daß ich zumindest glauben möchte, daß sie Realität werden könnte.

*Welchem Genre würden Sie den Film zuordnen?*

Ich glaube, die Leute haben keine Lust mehr auf Genres. Hollywood verschläft da wie schon Ende der sechziger Jahre eine Entwicklung. Auch den Begriff Genremix mag ich nicht. Es geht hier um die Auflösung von Genres. Genres haben ausgedient. *Free Rainer* soll also mehr sein als nur ein Mix aus Drama, Komödie, Satire und Thriller. Es ist wie auf der Tanzfläche: Die Leute tanzen nicht mehr zuerst Walzer, dann Foxtrott, dann Salsa. Und sie tanzen es auch nicht gleichzeitig. Verschiedenste Elemente aus allen Stilen werden zum individuellen Stil kombiniert, und zwar so, daß die Kombination nicht mehr auftrennbar ist und somit zu etwas Neuem wird. Ich wäre froh, wenn meine Filme so rezipiert würden und ich mich nicht mehr mit langweiligen Genrebegriffen herumärgern müßte.

*Wie stehen Sie zum Begriff der Satire?*

Vieles in dem Film ist natürlich satirisch überhöht, aber die Grenzen sind fließend. Es wäre doch langweilig, in jedem Moment zu wissen, was ernst gemeint ist und was nicht. So leicht will ich es dem Zuschauer nicht machen. Ich will ihn herausfordern. Das ist der Reiz an der Sache.

*Wie läßt sich* Free Rainer *mit* Die fetten Jahre sind vorbei *vergleichen?*

Am besten gar nicht. Diese Vergleichsmanie führt doch zu nichts. Wer mit der Erwartung eines dem Vorgänger ähnlichen Films ins Kino geht, verdirbt sich einen schönen Kinoabend.
Meine schönsten Kinoerlebnisse hatte ich immer auf Filmfestivals, wenn ich nicht im geringsten wußte, was mich erwartet. Am liebsten wäre mir sogar, die Zuschauer wüßten nichts über die Geschichte und nicht einmal, wer den Film gemacht hat. Aber das geht leider aufgrund der Marketingsituation nicht.

*Wie stehen Sie zum Vorwurf der Naivität?*

Wenn du Aussagen über ihre Veränderungsmöglichkeiten machst, dann attackieren dich die Zyniker. Die meinen, das sei träumerischer Schwachsinn, denn die Welt ginge sowieso den Bach hinunter. Aber ich lasse mich lieber mit der Naivitätskeule prügeln, als zum Zyniker zu werden. Che Guevara hat gesagt: »Sei realistisch. Verlange das Unmögliche.« Das ist meine Einstellung. Wie schlecht die Welt ist, hab ich schon in tausend Filmen gesehen. Zyniker sind Angsthasen.

*Das heißt, wenn die Medien den Menschen anspruchsvolle Inhalte bieten, dann sind diese auch veränderungsfähig?*

Auf jeden Fall. Die Menschen sind nicht so dumm wie das Fernsehprogramm. Das spricht ja nur die einfachsten Geister an, den kleinsten gemeinsamen Nenner. Die gleiche Boulevardisierung findet auch bei den Printmedien statt.

Wo gibt es noch eine Zeitung ohne einen Artikel über Paris Hilton? Aber das heißt eben nicht, daß alle Leute sich das so wünschen. Sonst könnten wir uns gleich die Kugel geben.

*Sie haben den Film ohne Beteiligung eines deutschen Fernsehsenders produziert – warum?*

Das war nicht leicht, aber ich wollte frei von Beeinflussung sein. In Frage kommt bei so einem Stoff sowieso nur ein öffentlich-rechtlicher Sender. Die Unterschiede zwischen öffentlich-rechtlichem und privatem Programm sind aber leider nur noch marginal, beide jagen nach der Quote. Es geht nicht um die Sender, es geht um die Inhalte.

*Was ist die »Message« des Films?*

*Free Rainer* will den Menschen zurufen: Befreit euren Geist. Macht die Glotze öfter mal aus und lebt euer Leben. Das spielt sich da draußen ab und nicht in dem Kasten.
Ich verwende da gern eine Analogie: Man kann sich per Lift einen Berg passiv hinauftragen lassen. Oben trinkt man dann eine Cola, guckt kurz in die Ferne und fährt wieder runter. Auf dem Nachhauseweg im Auto fühlt man sich leer. Ganz anders ist es, den Berg hinaufzuwandern. Du spürst die Steine unter den Füßen, du riechst die Düfte der verschiedenen Klimazonen, den Wald, das Gras, du folgst einem Weg. Du schwitzt und spürst deinen Körper. Oben auf dem Gipfel hast du das Gefühl, etwas geschafft zu haben. Dann läufst du wieder hinunter, dein Geist beginnt zu schweben, Körper und Geist vereinen sich. Unten springst du in das kalte Wasser des Sees und fühlst dich wie neugeboren. Du hast gelebt.

*Fragen: Hi-Sun Bae*

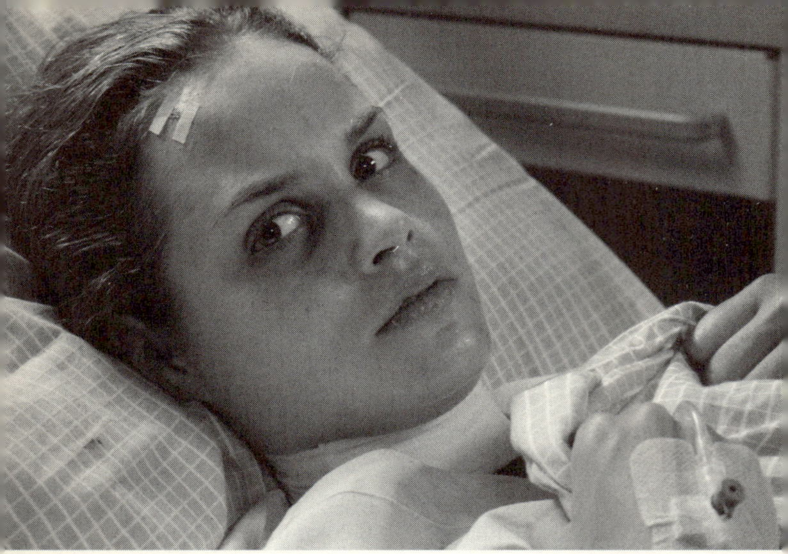

## Krankenhaus, Nacht

Rainer geht den verlassenen Gang der Unfallstation entlang, ein Bein zieht er ein wenig nach. Er trägt eine Trainingshose, Schlappen, T-Shirt und einen dunkelbraunen Bademantel. Es ist ganz still.
Eine Krankenschwester kommt aus einem der Zimmer vor Rainer und geht ins Schwesternzimmer, ohne sich zu Rainer umzudrehen, sie hat ihn gar nicht bemerkt. Die Tür des Zimmers läßt sie halb offenstehen. Rainer wirft beiläufig einen Blick hinein – und erstarrt. Das Gesicht kennt er doch. Er sieht genauer hin. Ja, in einem der zwei Betten liegt das Mädchen, das ihn angefahren hat: Pegah.
Rainer betritt das Zimmer. Das andere Bett ist leer. Es ist nichts im Zimmer, was auf Besuch schließen könnte. Keine Pflanzen, keine Grußkarten, kein Stofftier, nichts. Rainer klopft an die Tür, obwohl er schon drin ist.

RAINER
Darf ich reinkommen?

Pegah wirft ihm einen kurzen Blick zu, schaut dann sofort wieder weg, antwortet nicht, sondern liegt nur da und starrt aus dem Fenster in die Nacht. Rainer wartet einen Moment, geht dann zu ihr hin. Er sieht das Mädchen an.

RAINER
Holst du dir immer erst ein Autogramm von jemandem, bevor du ihn dann über den Haufen fährst?

Sie antwortet nicht. Rainer betrachtet sie.

RAINER
Hör mal, ich weiß, daß das kein Unfall war. Ich sag nix, aber ich will wissen, warum. Warum hast du das getan?

Pegah sagt weiterhin nichts. Rainer sieht das Mädchen an. Sie ist eigen. Schön und seltsam. Er weiß überhaupt nicht, wie er damit umgehen soll. Pegah hat die Hand jetzt um die Decke gekrallt, so fest, daß die Adern hervortreten, antwortet aber immer noch nicht, guckt verkrampft weg.

RAINER
Du kannst mich unmöglich mehr hassen als ich mich selbst.

Diese Äußerung veranlaßt Pegah dazu, Rainer doch anzusehen. Intensiver Blickkontakt. In dem Moment kommt die Krankenschwester wieder ins Zimmer. Sie bleibt überrascht stehen, als sie Rainer sieht.

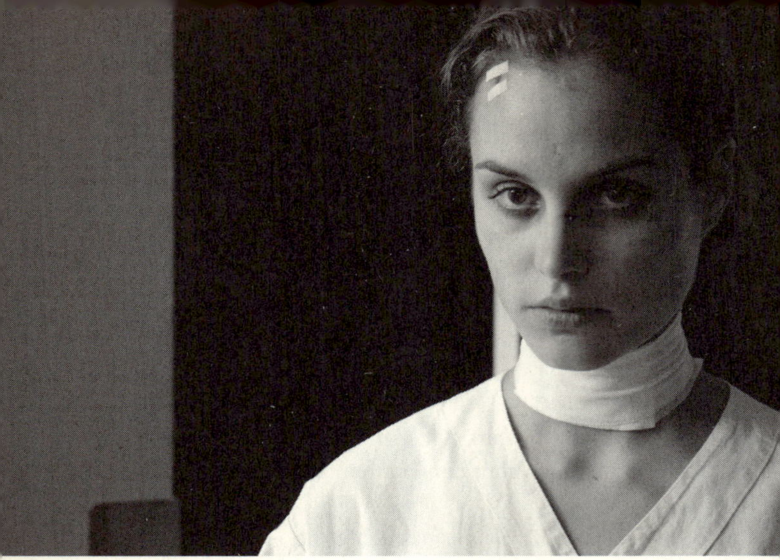

KRANKENSCHWESTER
Was machen Sie denn hier??

Rainer reißt sich von dem Blickkontakt los und hebt abwehrend, entschuldigend die Hände.

RAINER
Bin schon weg.

KRANKENSCHWESTER
Sie hat eine Kehlkopfläsion und darf auf keinen Fall sprechen!

Rainer schaut noch mal zu Pegah hin und sieht jetzt erst, daß sie einen Verband um den Hals trägt.

RAINER
Tut mir leid.

Er macht, daß er wegkommt.

KRANKENSCHWESTER
Um die Uhrzeit! Es ist halb drei!

## Krankenhaus, anderntags

Rainer öffnet vorsichtig die Tür zu Pegahs Zimmer: Es ist leer. Er runzelt die Stirn und will gerade wieder gehen, als ihm ein Papierfetzen unter Pegahs ehemaligem Bett auffällt. Er geht hin und hebt das Papier auf. Es ist ein ausgeschnittener Zeitungsartikel. »Bio-Bauer begeht Selbstmord« lautet die Überschrift. Ein Foto von Pegahs Großvater ist zu sehen. Ein knorriger alter Kerl mit weißen Haaren und wachem Blick, sympathisch. Rainer liest den Artikel, wir hören seine Gedankenstimme.

RAINER
Nachdem ihm aufgrund eines kritischen Berichts der TV-Sendung *Report 24* das Bio-Siegel entzogen wurde, erschoß sich der Bauer Ingo S. aus Waldstätten am Mittwochabend. Seine 19jährige Enkelin, die allein mit ihm lebte, fand ihn leblos in der Scheune. An dem Bericht wurden erhebliche Zweifel laut. Rainer Käthner, der Programmverantwortliche bei TTS, sprach in einer ersten Reaktion von einem tragischen Unglücksfall und wies jede Schuld von sich.

Rainer läßt bestürzt den Artikel sinken und starrt ins Leere.

***

## Im Taxi

Rainer sitzt hinten, neben ihm steht eine Krücke, und telefoniert. Er ist wieder voll da, mit ganz neuem Elan. Seine Stimme klingt ungewohnt leidenschaftlich, fast aufgeregt. Sein Gesicht ist ernster, in seinen Augen brennt ein Feuer.

RAINER
Nein, auf jeden Fall Prime time, 20 Uhr 15 … Ich weiß, daß du denkst, es wäre nach zehn besser aufgehoben, aber das ist ja grad der Witz an der Sache … Nein, Schluß mit diesen schlecht recherchierten Pseudo-Reportagen! Wir gehen nicht mehr mit versteckter Kamera in den Puff, wir bringen echte Fakten. Dinge, die so geheim sind, daß sie keiner wissen darf.

Rainer legt auf und telefoniert wieder.

RAINER
Bergen, hast du die Sachen gelesen? Ja, hab ich zweifach prüfen lassen, das ist so. Ist gut, danke … Mach ich … Wie's mir geht? Gut. Sehr gut sogar.

Rainer lächelt.

## Montage

Wir sehen Rainer bei den Vorbereitungen für die neue Show: Konzepte werden in einem Büro entworfen, Verträge werden unterzeichnet, Hände geschüttelt. Rainer bespricht mit einem Bühnenbildner die Dekoration, mit seinem Assi

Technisches, mit seiner Sekretärin die Gästeliste. Er wirkt dynamisch und charmant, voller Elan und Überzeugungskraft, steckt die anderen an, die sichtlich positiv überrascht sind.

## Fernsehsender, abends

In der Regie. Ein Trailer wird geschaltet. Wir sehen wichtige Geschehnisse der Weltgeschichte und die beteiligten Personen. Die neue Sendung trägt den Titel: *Das sollten Sie wissen.* Als der Trailer vorbei ist, klatschen einige in der Regie. In zwei einfachen Sesseln sitzen der Moderator und eine Journalistin.

MODERATOR

Hallo, guten Abend, meine Damen und Herren, der erste Gast meiner Sendung ist die Politologin Mira Beham. Frau Beham, Sie haben ein Buch geschrieben mit dem Titel *Kriegstrommeln.* Darin erläutern Sie unter anderem, wie die USA mittels PR-Agenturen die Bevölkerung des Landes für den Golfkrieg motivierte. Können Sie uns ein Beispiel erläutern?

Die Journalistin sieht den Moderator an und nickt.

POLITOLOGIN

Gerne. Eine 15jährige kuweitische Krankenschwester namens Nayirah trat im Oktober 1990 vor dem amerikanischen Kongreß auf und berichtete unter Tränen, wie irakische Soldaten in kuweitischen Krankenhäusern Babys aus Brutkästen gerissen und zu Boden geworfen hätten. Ihr Auftritt wurde von fast allen TV-Stationen des Landes gesendet und ließ die Stimmung im Lande schlagartig zugunsten eines Krieges umschlagen.

MODERATOR
Ja und?

POLITOLOGIN
Das war alles gelogen. Wie sich zwei Jahre später herausstellte, war das Mädchen die Tochter des kuweitischen Botschafters. Sie war von der PR-Agentur Hill & Knowlton im Auftrag der US-Regierung für den Auftritt trainiert worden.

MODERATOR
Unfaßbar! Was ich mich jetzt frage, ist: Warum werden uns solche Informationen vorenthalten? In der heutigen Zeit wird uns doch eigentlich so gut wie alles im Fernsehen präsentiert.

POLITOLOGIN
Das Gegenteil ist der Fall. Wir haben so eine Informations- und Nachrichtenflut, daß dahinter viele relevante Informationen leichter versteckt werden können, ohne daß es jemandem auffällt.

Rainer sieht zum Bildschirm, er wirkt nervös. Er wendet sich an eine Regie-Assistentin, die neben ihm steht.

RAINER
Ist das nicht zu trocken?

ASSISTENTIN
Nee, wieso?

Rainer sieht zu Anna, die ein wenig gelangweilt auf den Monitor guckt. Als Anna Rainers Blick bemerkt, täuscht sie sofort Interesse vor.

RAINER
So langweilig?

ANNA
Nein, nein, überhaupt nicht. Sehr spannend.

## Nebenraum

Der Abspann der Sendung läuft über einen Bildschirm, Applaus des Studiopublikums. Rainers Assi winkt ihn in einen Büroraum nebenan. Unterwegs wird er noch von ein paar Leuten beglückwünscht. Da ist schon sein engster Mitarbeiterstab mit Gläsern in der Hand rund um einen Computerbildschirm versammelt und sieht Rainer erwartungsvoll entgegen.

RAINER
Die Stunde der Wahrheit, wie?

Er überspielt einen Anflug von Unsicherheit mit einem Lächeln und geht zum Computer. Der Assi drückt ein paar Knöpfe. Auf dem Monitor erscheint die Quote sämtlicher Sendungen zwischen 20:15 und 22 Uhr als Balkengrafik. Rainer starrt darauf. Ihm entgleisen die Gesichtszüge. *Das sollten Sie wissen* hat die schlechteste Quote des Abends, sie dümpelt bei 2,3%. Alle anderen Balken sind zehnmal so hoch. Auch die Mitarbeiter sind schwer enttäuscht. Einige sehen sich wegen Rainers starrem Gesichtsausdruck betreten an. Einer klopft Rainer tröstend auf die Schulter. Rainer scheint es gar nicht zu bemerken, er starrt wie hypnotisiert auf seine Quote.

***

## Sender, nächster Morgen

Ein riesiges Büro. Maiwald sitzt hinter seinem Schreibtisch. Er wirkt angespannt, hat die Ellenbogen auf dem Tisch abgestützt, seine Hände bilden ein wippendes Dach. Ihm gegenüber sitzt Rainer, übernächtigt, dunkle Augenringe. Rainer dreht nervös die Kaffeetassen auf dem Tisch so, daß die Henkel nach rechts zeigen.

MAIWALD
Rainer, ich werd die Show absetzen.

RAINER
Absetzen?? Nach *einer Show*? Das kannst du nicht machen.

MAIWALD
Rainer, bitte! Das hab ich doch nicht zu entscheiden. Die Quoten waren einfach … katastrophal. Von Anfang an.

Rainer springt auf, tigert hin und her.

RAINER
Herrgott, natürlich sind da noch Mängel. Aber bei meiner Erfahrung, du weißt doch ganz genau, daß ich das noch hinkriege!

Maiwald windet sich in seinem Sessel, vermeidet Rainers Blick.

MAIWALD
Rainer, komm, du weißt doch, wie das ist, bist doch lang genug dabei. Unsere Zuschauer sind opportunistisches Pack. Die wollen sich nicht minderwertig fühlen, weil sie keine schlauen Bücher lesen. Die wollen Titten sehen und wissen, wie man Steuern spart! Das ist das wahre Leben für sie!

RAINER *(gereizt)*
Dann sollte sie mal irgend jemand von dieser Wahnvorstellung erlösen, meinst du nicht?

MAIWALD
Irgend jemand sicher, ja. Aber es ist nicht unsere Aufgabe, bessere Menschen zu erschaffen. Das hier ist ein Geschäft, Rainer. Business.

Rainer drückt Zeigefinger und Daumen auf seine Nasenwurzel, schüttelt gepreßt den Kopf.

RAINER
Gott, dieses Gelaber hängt mir so zum Hals raus. Mainstream ist immer Müll, und Qualität ist was für wenige Auserwählte … Geh doch mal runter auf die Straße, Maiwald! Rede mal mit den Leuten! Kein lebender Mensch ist so blöd wie unsere Shows, das garantier ich dir!

Maiwald guckt nachsichtig, er hat wieder Oberwasser.

MAIWALD
Dann frage ich mich, wer diese ganzen CDs von Britney Spears kauft. Gib's auf, Rainer. Die Leute reagieren einfach nur auf Müll.

Rainer funkelt ihn finster an, gestikuliert wild, wird lauter.

RAINER
Genau deshalb sollten wir aufhören, sie damit zuzuscheißen! Man läßt sein Kind ja auch nicht den ganzen Tag Süßigkeiten fressen.

MAIWALD *(zynisch)*
Gut. Wenn du das jetzt bitte noch unseren Werbepartnern klarmachen könntest …

Rainer baut sich vor Maiwald auf und nähert sich ihm bis auf Zentimeter.

RAINER
»Jede Propaganda hat volkstümlich zu sein und ihr geistiges Niveau einzustellen nach der Aufnahmefähigkeit des Beschränktesten unter denen, an die sie sich zu richten gedenkt.« Weißt du, wo das her ist?

Maiwald zuckt mit den Schultern. Er weiß es nicht, es ist ihm auch egal.

RAINER
Adolf Hitler, *Mein Kampf*.

Maiwald lacht auf und windet sich in seinem Sessel.

MAIWALD
Mein Gott, jetzt komm mir nicht damit!

RAINER *(gepreßt)*
Wieso nicht? Da gibt's viele Parallelen. Er hat das Volk als dumpfe Masse betrachtet. Genau wie ihr.

MAIWALD
Schwachsinn.

Kurze Stille. Rainer fixiert ihn mit einem Blick aus der Hölle. Seine Stimme ist gefährlich leise.

RAINER
Niemand kann die Menschen ewig verarschen. Glaubst du an Karma, Maiwald?

Maiwald sieht Rainer an, als habe er den Verstand verloren. Er verschiebt kopfschüttelnd das Familienfoto auf seinem Schreibtisch.

MAIWALD
Rainer, also bitte … Jeder, wirklich jeder hier im Sender hat großen Respekt vor deiner Arbeit, aber …

RAINER *(unterbricht)*
Ich scheiß auf euren Respekt!!

MAIWALD
… aber es geht nicht so weiter mit deinem Drogenproblem. Du weißt genau, daß du es nur meinem Einfluß zu verdanken hast, daß bei dem Unfall …

Das »Drogenproblem« bringt Rainer endgültig auf die Palme. Rainer starrt Maiwald haßerfüllt an.

RAINER
Ihr züchtet da eine Horde absolut identischer Mutanten heran, Mann, ihr zerstört eine Kultur, ihr zerstört die Gesellschaft und habt nicht mal ein schlechtes Gewissen dabei! Guck dich mal an! Du blöder Wichser!!

Plötzlich tritt er gegen Maiwalds Schreibtisch. Maiwald springt wutenbrannt auf und brüllt zurück.

MAIWALD
Guck dich selber an! Warst doch von Anfang an dabei!

Rainer flüstert gefährlich leise, ein irres Glitzern in den Augen.

RAINER
Nicht mehr.

Rainer dreht sich abrupt um und verläßt Maiwalds Büro, wobei er die Tür weit offenstehen läßt.

## Katharina Held

# Keine Gewalt gegen Kinder und Tiere

Eine Vorlesung an einer Filmhochschule. Thema Serien. Eine adrette Frau Ende Dreißig steht auf der Bühne und stellt das Profil ihres Privatsenders vor. »Ich sage immer, wir machen Fernsehen für Männer. Oder für Frauen mit Abitur.«

Ich lache, weil ich ihre humoristische Einleitung gelungen finde. Vor allem die Vorstellung, daß Frauen mit Abitur ihre Storys über »geile Babes in geilen Autos« besonders zu schätzen wissen. Ihr Blick ist eisig und völlig ironiefrei. Es ist ihr bitterernst. Und das ist nur der Anfang von zwei Wochen voller Mißverständnisse und Verwirrung.

Dabei begann das Seminar vielversprechend: Die beiden Serienbeauftragten des Senders stellten ihre Serie vor und machten uns eindringlich klar, daß sie wegwollten vom alten Schema. Das sei nicht mehr haltbar, besser und realistischer mußte alles werden. Zur Veranschaulichung, welche Richtung eingeschlagen werden sollte, wurden Kinofilmstrukturen benutzt. Ich glaube, sie zitierten sogar Paul Schrader. Erfreut über so viel kreative Offenheit, lieferte ich eine meiner Meinung nach ganz neue Idee ab. Aber ich hatte alles falsch gemacht.

»Der erste Mord muß innerhalb der ersten fünfzehn Minuten passiert sein, sonst langweilt der Zuschauer sich. Dann braucht der Zuschauer eine klar definierte falsche Fährte, aber auf keinen Fall mehr als eine, das würde ihn überfordern. Der Mittelstunt vor der Werbeunterbrechung ist ein Problem. Vertragsmäßig müssen da zehn Autos bei draufgehen, hier steht aber nur was von einem, und das ist auch kein Totalschaden. Außerdem ist der Bösewicht entschieden zu gerissen. Das treibt vielleicht hier und da die Handlung voran, aber unsere Protagonisten wirken dadurch irgendwie so schlapp. Der private Strang ist eigentlich ganz nett, nur sollte unser Held natürlich nichts mit einer verheirateten Frau anfangen. Und trinken darf er als Polizist nur in Maßen, sonst hat der Zuschauer kein Vertrauen in ihn. Die Actionszene am Schluß ist ganz hübsch«, schloß der Serienbeauftragte seinen Vortrag. »Allerdings steht hier, der Verdächtige stirbt auf dem Weg ins Krankenhaus. Bei unseren Car-Crash-Szenen darf es keine Toten geben. Nicht mal Verletzte.«

»Aber ... wenn sein Wagen sich zweimal überschlägt, mit einem Brückenpfeiler kollidiert und dann in Flammen aufgeht, könnte er doch wenigstens ein Schleudertrauma haben oder so«, stammelte ich hilflos.

Der Serienbeauftragte blieb hart. Nein, das sei eine ganz normale Serie über Polizisten und heftige Autounfälle. Verletzte seien da nicht zu gebrauchen, zumal sie auf den Zuschauer eine eher beunruhigende Wirkung hätten, wie Tests bewiesen.

Auf den Einwand, daß er die Serie doch realistischer machen wollte, nickte er. Ja, besser und realistischer innerhalb des vorgeschriebenen Rahmens, den so ein Format besitzt.

Also änderte ich die Geschichte so, daß sie in den vorgeschriebenen Rahmen paßte. Zu meiner Überraschung teilte man mir mit, daß sie immer noch ganz und gar indiskutabel war – wegen expliziter Gewalt und Brutalität. Das verwirrte mich vollends. Das mußten sie mir wirklich genauer erklären.

Der Serienbeauftragte tippte auf eine Seite im Skript. »Hier, in einer Schlüsselszene wird ein Hund erschossen. So was geht gar nicht.«

Ich dachte an die letzte Folge, in der ein – na klar – Serienmörder seine Opfer so was von zerstückelt und vorbildlich in Kühltruhen hinterlegt hatte, und war sprachlos.
Der Serienbeauftragte warf mir einen nachsichtigen Blick zu. »Das ist eine der Grundregeln im Fernsehen. Keine Gewalt gegen Kinder und Tiere!«
Ich sparte mir den Hinweis auf die zahlreichen Mißbrauchsdramen. »Aber, Menschen *essen* Tiere für gewöhnlich. Sie haben nichts dagegen, wenn sie vom Schlachter zu Wurst verarbeitet werden, wieso …«
»Ja, trotzdem. Wenn wir so eine Szene senden, rufen am nächsten Tag 750 wütende Leute an, die sich beschweren. Es geht ihnen einfach zu sehr ans Herz.«

Darauf wäre ich tatsächlich nie im Leben gekommen, und aus dem Serienauftrag wurde dann leider auch nichts. Die Sache mit dem Hund machte mir zu schaffen. Langsam dämmerte mir, wenn es darum ging, eine publikumsadäquate Polizistenserie zu schreiben, war das Problem nicht, eine Story zu finden, die nicht schon hundertmal erzählt worden war. Nein, mein größter Feind war die Logik. So war er also, der Fernsehzuschauer. Schnell überfordert (zwei falsche Fährten), an feste Abläufe gewöhnt (klinkt sich aus, wenn der Mord zwei Minuten zu spät geschieht) und unfähig, einem Ereignis konkrete Folgen zuzuordnen (das Auto hat sich überschlagen – der Insasse ist möglicherweise nicht mehr gesund). Unwillkürlich drängte sich mir das Bild von Dustin Hoffman in *Rain Man* auf. Nein, so war es ja gar nicht. Wenigstens waren sie sehr sensibel, was ihr Verhältnis zu Tieren anging. Während sie vor dem Fernseher Würstchen fraßen.
Nun habe ich selber am Ende eines Arbeitstages nicht das geringste Verlangen nach einem dreistündigen, untertitel-

ten Schwarzweißfilm aus Armenien über die Schrecken des Krieges. Es gibt ganz großartige Serien und interessante Beiträge im Fernsehen.

Aber welche Langzeitschäden ein Dieter Bohlen bei der heranwachsenden Generation wirklich hervorruft, ist noch nicht absehbar. Wozu eigentlich diese ganzen aufwendigen Erziehungsshows im Fernsehen, wenn der Nachwuchs schließlich doch nur diesem egomanen Berserker in die Hände fällt?

Laut einer Forsa-Umfrage ist Günther Jauch der derzeit vertrauenswürdigste Deutsche. Was relativ gruselig ist, wenn man bedenkt, daß dieser Mensch seine Seriosität einer Quizshow und einem halbseidenen Journaillemagazin verdankt. Aber Klaus-Jürgen Wussow war ja auch lange Zeit unser bester praktischer Arzt. Was wohl wirklich charakteristisch ist für die meisten Zuschauer: Sie machen den Bluff begeistert mit. Sie wollen sich partout nicht vorstellen, daß hinter der öffentlichen Person jemand vollkommen anderes steckt. Sollte diesem Umstand irgendwann einmal Rechnung getragen werden? Oder sollte man weiterhin so tun, als sei der Bürger ein durch und durch mündiges Wesen, unbeeinflußbar und jederzeit fähig, sich Manipulation zu entziehen? Ihm weiterhin hemmumgslos all das geben, »was er will«?

Die Frage ist aber auch, ob er sich wirklich nichts Schöneres vorstellen kann als eine zehnteilige Doku über Familie XY, wo der Vatta sich das Rauchen abgewöhnen will und Muttas einzige Sorge ist, in den Bikini von 1986 zu passen. Möglicherweise ist das nur die verständliche Reaktion und gerechte Rache des Zuschauers für drei Millionen Folgen »Reich und schön«. Aber vielleicht sollte Schluß sein, bevor in wirklich jedem Wohnzimmer ein Kamerateam steht. Denn wer sollte das Ganze dann noch gucken?!

Wenn läppische Privatangelegenheiten wie eine Diät oder Renovieren zu Fernsehshows aufgebauscht werden, kriegen sie für den Zuschauer zwangsläufig den Anstrich von Wichtigkeit und außerordentlichen Glanzleistungen. Auf Dauer wird in ihnen der Eindruck erweckt, sie hätten im Leben alles erreicht, wenn sie ihr Geld für eine kosmetische OP zusammensparen, das Rauchen aufgeben und ihre Kinder in Karaoke-Talentshows vor einem Millionenpublikum ausstellen. Und das ist nun wirklich eine unverschämte Lüge.

*Katharina Held hat gemeinsam mit Hans Weingartner die Drehbücher zu* Die fetten Jahre sind vorbei *und* Free Rainer *verfaßt.*

## Penthouse, spätabends

Rainer steht vor seinem Riesen-Flachbildschirm und zappt sich durchs Programm. Es kommt nur Schwachsinn. Er schüttelt den Kopf und lacht bitter auf. Dann schaltet er ruhig den Fernseher aus und legt die Fernbedienung weg. Er sieht den schwarzen Bildschirm ein paar Sekunden an. Dann geht er zur Steckdose und zieht den Netzstecker des Geräts raus. Als nächstes geht er zum Fenster und öffnet es, lehnt sich hinaus, sieht hinunter auf die nächtliche Straße: alles leer. Schließlich geht er ganz sachlich und ruhig zum Flachbildschirm und hebt ihn aus der Wandhalterung. Er hievt das schwere Gerät auf die Schulter, nimmt ein paar Schritte Anlauf und wirft es aus dem geöffneten Fenster.
Ein paar Sekunden später, die wie eine kleine Ewigkeit erscheinen, ist von der Straße ein krachender Aufprall zu hören. Rainer hat gar nicht nachgeschaut. Er steht nur da, zufrieden grinsend, Hände in den Taschen. Anna scheint den Krach gehört zu haben und erscheint auf der Bildfläche.

ANNA
Was war das??

Sie sieht die kahle Stelle an der Wand und das offene Fenster, geht zum Fenster und sieht hinaus. Unten liegt der Fernseher in Trümmern auf der Straße. Anna dreht sich wieder zu Rainer um.

ANNA
Spinnst du jetzt völlig?

Rainer grinst immer noch zufrieden.

RAINER
Ich hab gekündigt.

### Penthouse, Rainer und Anna beim Essen

RAINER
So harmlos ist das nicht. Die haben durch Scans festgestellt, daß der Mensch beim Fernsehen den Frontallappen des Gehirns ausschaltet, wo deine Kontrolle sitzt, dein Ich. Und der Mitteleuropäer glotzt im Durchschnitt vier Stunden am Tag. Vier Stunden! Das heißt vier Stunden Direktzugriff auf deine Werte, deine Moral, deine Einstellungen. Das macht das Ganze so gefährlich.

Kurze Stille. Rainer rückt nervös die Kaffeetassen auf dem Tisch zurecht, Anna überlegt sich währenddessen eine Antwort.

ANNA
Ich weiß nicht. Vielleicht sind die Leute einfach so blöd. Die wollen gar nix anderes sehen.

RAINER
Wieso? Früher haben die Menschen doch auch Bücher gelesen, oder nicht?

ANNA
Schon, aber …

RAINER *(unterbricht)*
Eben! Die Menschen sind nicht blöd, sie werden verblödet. Damit sie nicht mehr mitreden können. So sind sie leichter

zu beherrschen. Da steckt System dahinter, das schwör ich dir. Die Quote ist die perfekte Ausrede. Man behauptet, den Leuten das zu geben, was sie sehen wollen, und schon braucht keiner ein schlechtes Gewissen zu haben für den Dreck, den er produziert.

Anna sieht ihn etwas besorgt an.

RAINER
Aber was wäre, wenn die Quote Fake ist? Wenn diese Zahlen, die du jeden Tag in der Zeitung liest, gar nicht stimmen? Wenn das alles ein riesengroßer Schwindel ist?

So, wie Anna ihn anguckt, merkt man, daß sie das für Kokser-Paranoia hält.

ANNA
Na ja, wenn in Wahrheit gar keiner Trashfernsehen guckt, wo liegt dann das Problem?

RAINER
Darin, daß sie's irgendwann sehr wohl gucken. Sie werden so lange an Dreck gewöhnt, bis sie nur noch Dreck sehen wollen. Ihr moralisches Empfinden wird so lange systematisch zerstört, bis sie es für normal halten, daß nur noch Titten und Freak-Talkshows im Fernsehen laufen. Und die Quote dient als Ausrede, nur noch Dreck zu produzieren. Ein perfektes System.

Hungrig ißt er weiter, ohne auf Anna zu achten, die besorgt die Augenbrauen hebt.

RAINER *(murmelt)*
Aber nicht mehr lange. Die Quote ist die Achillesferse, und die knöpf ich mir jetzt vor.

***

## Penthouse, Rainer am Computer

Rainer hat die Seite der »IMA – Gesellschaft für Medienforschung« geöffnet. Er liest einen Promotext über die Quoten, die IMA lobt sich selbst. Dann schließt er die Seite der IMA und tippt eine neue URL ein. Es kommt eine chinesische Seite zum Vorschein, bißchen englisch, aber hauptsächlich chinesische Schriftzeichen. Rainer fährt die Seite runter. Seine Augen weiten sich.
Eine schwarze, rechteckige, flache Box, etwas kleiner als ein Videorecorder, mit Fernbedienung. Es ist ein modernes Animationsprogramm, wo die Box sich von allen Seiten zeigt und schließlich öffnet, um ihr elektronisches Innenleben zu präsentieren. Rainers Gesicht wird vom Computer geheimnisvoll beleuchtet, er starrt auf die Box wie auf den Heiligen Gral.

Später. Rainer sitzt unverändert vor dem Computer. Sein Blick ist manisch, und sein rechtes Knie wippt vor Anspannung auf und ab. Neben ihm stehen ein leerer Pizzakarton und ein überquellender Aschenbecher. Hunderte Seiten mit den Fernsehquoten der letzten Monate liegen ausgedruckt um ihn herum auf dem Boden. Ständig spuckt der Drucker neue Seiten aus. Anna kommt verschlafen grummelnd im Nachthemd ins Zimmer.

ANNA
Kennst du nicht langsam alle Pornos, die's im Internet gibt?

Rainer schickt ihr nur einen fahrigen Blick.

RAINER *(anklagend)*
Nur 5500 Haushalte!! In nur 5500 Häusern steht so eine Kiste, die die Quote mißt. 13 000 Leute entscheiden, was 80 Millionen sehen müssen, kannst du dir das vorstellen. Nur 13 000!

ANNA
Rainer … es ist halb vier …

RAINER
Und keine einzige Box steht bei Ausländern! Keine einzige!

Rainer dreht sich ganz zu ihr um. Sein Blick ist fiebrig lauernd, als hätte er eine unglaubliche Entdeckung gemacht.

RAINER
Und jetzt kommt der absolute Hammer: Das ganze System der Quotenermittlung muß sich keinerlei unabhängiger

Prüfung unterziehen. Die IMA ist ein privates Unternehmen, das ganz allein von den Sendern beauftragt wird, die Quoten zu messen. Die kontrollieren sich einfach selbst! Kannst du dir das vorstellen??! Das ist Inzest!!

Anna sieht ihn einen Moment schlaftrunken an, dann dreht sie sich um und geht zurück ins Schlafzimmer. Rainer zuckt die Achseln und widmet sich wieder der Quotenforschung.

***

## Penthouse, nächster Nachmittag

Zu den Zetteln an der Wand scheinen noch mehr dazugekommen zu sein. Überall aufgeschlagene Bücher mit Titeln wie *Die unheilige Allianz – Wie der CIA über die Medien die Massen manipuliert*. Leere Flaschen Bier und Whisky mit

Zigarettenstummeln. Die Türglocke schrillt. Rainer öffnet die Tür. Wir sehen ihn nur von hinten.

POSTBOTE
Einschreiben für Rainer Lenz?

Rainer unterschreibt und schlurft zurück in die Wohnung. Als er den Briefumschlag genauer betrachtet, ist er mit einem Schlag hellwach. Es ist von Emritt, dem Meinungsforschungsinstitut. Er reißt den Brief auf, überfliegt ihn. Dann schlägt er auf den Zettel ein.

RAINER
Haa! Ich wußte es!! Kein Mensch guckt diesen Dreck! Niemand! Absolut niemand!

Da läutet es wieder. Leicht genervt geht er wieder zur Tür und öffnet.
Doch es ist nicht der Postbote. Es ist Pegah. Ohne lang zu fragen, geht sie an ihm vorbei in die Wohnung. Rainer sieht ihr nach und kriegt den Mund nicht mehr zu vor Staunen.

Später. Die beiden sitzen nebeneinander auf dem Sofa. Pegah sitzt mit den Händen unter den Oberschenkeln am Sofarand. Sie scheint ein schlechtes Gewissen zu haben, ihr Blick ist auf den Boden geheftet. Um den Hals trägt sie immer noch einen Verband.

RAINER
Es braucht dir nicht leid tun.

Pegah schüttelt den Kopf, nicht einverstanden. Rainer zieht ein zusammengefaltetes Stück Papier aus der Brusttasche, schaut kurz drauf, reicht es dann rüber zu ihr.

RAINER
Ich … hab's nicht anders verdient.

Pegah liest das Papier. Es ist der Zeitungsartikel über ihren Opa, den Rainer im Krankenhauszimmer gefunden hatte. Ihr kommen die Tränen.

RAINER
Aber weißt du, wenn du wirklich was verändern willst, dann ist es der falsche Weg, einzelne Leute auszuschalten. Du mußt das ganze System verändern.

Pegah geht nicht darauf ein. Sie ist mit den Gedanken woanders, bei ihrer Trauer. Rainer betrachtet sie. Sie wirkt verdreckt, ausgehungert, verwahrlost. Nicht der richtige Zeitpunkt, um Theorien mit ihr auszutauschen.

RAINER *(einfühlsam)*
Möchtest du vielleicht was essen? Ein Bad nehmen? Dich hinlegen?

***

### Penthouse, Treppenhaus

Pegah läuft die Treppe runter.

RAINER
Pegah!

Rainer holt sie ein und stellt sie.

RAINER
Pegah, wir können deinen Großvater nicht wieder lebendig machen, aber wir können was gegen die Arschlöcher unternehmen. Bitte hilf mir. Allein schaff ich das nicht.

Pegah bleibt betroffen stehen. Sie sieht hoch Richtung Rainer, ringt mit einer Entscheidung.

## Penthouse

Es ist Nacht geworden. Anna schließt die Wohnungstür auf. Alles dunkel. Sie macht Licht, guckt verwundert.

ANNA
Rainer?

Sie geht ins Schlafzimmer, ist nach drei Sekunden wieder draußen, sieht sich hektisch im Flur um. Da entdeckt sie neben dem Telefon einen Briefumschlag.
Darin ist ein Zettel, auf dem nur ein Wort steht: COUNTER-SHOT. Anna läßt den Zettel verwirrt sinken.

Gustav Seibt

## Die Bildungskatastrophe, die Wertedebatte und die heillose Macht des Vulgären in den Massenmedien

Widersprüchliche Nachrichten dringen aus dem deutschen Bildungssystem. Auf der einen Seite hört man Hilferufe von unten, aus den Hauptschulen, wo unter Jugendlichen – mit und ohne »Migrationshintergrund« – anarchische Zustände herrschen sollen. Auf der anderen Seite erfährt man, daß an den Gymnasien die totgesagten alten Sprachen sprunghaft neues Interesse finden. Bürgerkinder lernen wieder Latein und Griechisch, sie schärfen an komplexer Grammatik ihren Geist und bilden an klassischen Texten kulturhistorisches Bewußtsein. Die Hauptschüler dagegen verwahrlosen im Dschungel der Medien, üben sich beim Produzieren fieser kleiner Gewaltvideos (»happy slapping«) und sagen ihren Lehrern oder – wie bei Maybrit Illner geschehen – einem Politiker ins Gesicht, daß diese »Scheiße reden«, vermutlich nicht einmal aus besonderer Aggressivität, sondern weil sie grade keinen anderen Ausdruck zur Hand haben.

Die einen also werden mit Musikunterricht und wertvollen Kinderbüchern gepäppelt, die anderen nennen einander schon im Volksschulalter »Schlampe« und »Opfer«; hier Hexameter und Sprachferien im Ausland, da Drogen und Handyschulden, hier Google und Wikipedia, da Zombiefilme oder Killerspiele im Internetcafé. Das sind die Pole, und sie sind nur unwesentlich überzeichnet.

Sie lassen sich auch noch geographisch differenzieren – zwischen Lehel und Hasenbergl oder Wilmersdorf und Wedding. Die zerklüftete Bildungslandschaft spiegelt, so sagt es derzeit jeder, eine neu erstehende Klassengesellschaft. Entscheidend ist, daß diese Pole aufeinander reagieren. Neue Bürgerlichkeit grenzt sich ab von neuen »Unterschichten«, auch in der Erziehung. Das Bewährte humanistischer Bildung soll auch der Statuserhaltung dienen und den Horror des Abstiegs bannen. Jugendliche aus dem Hartz-IV-Milieu bekommen oft nicht einmal Ausbildungsplätze, um wenigstens den Versuch zu unternehmen, auf eigene Füße zu kommen. Warum sich also anpassen? Die ausbildenden Betriebe stellen dann eklatante Mängel beim Schreiben und Rechnen fest, die den Nachwuchs für den anspruchsvollen Berufsalltag einer hochtechnisierten Wirtschaft unbrauchbar machen.

All das ist schlimm, und es wird Eltern und Politik in den nächsten Jahren in Atem halten. Die Bildung, die ein gesellschaftlich verbindendes und ausgleichendes Element, ja das ideale Medium der sozialen Mobilität sein sollte, sie trägt gegenwärtig zur Spaltung der Gesellschaft bei. Dazu kommt, daß wir dabei sind, eine Generation unzulänglich ausgebildeter Jugendlicher zu verlieren, die schon in wenigen Jahren auf einem ausgebluteten Facharbeitermarkt fehlen werden, zu schweigen von Ärzten und anspruchsvollen Dienstleistern, die eine Gesellschaft mit sehr vielen Senioren benötigen wird. Schon in zehn Jahren kann uns die verrückte Situation ins Haus stehen, daß wir höchstqualifizierte Arbeitskraft in Massen aus Osteuropa oder den asiatischen Schwellenländern anwerben müssen, während wir Millionen alter Dauerarbeitsloser durch Beschäftigungsagenturen schleusen.

Das Wort »Bildungskatastrophe«, das in der Bundesrepublik vor vierzig Jahren seine erste Konjunktur erlebte, es hat wieder den Geschmack von Wahrheit.

Deutlicher als vor vierzig Jahren aber ist auch, daß sich diese Katastrophe innerhalb des Bildungssystems allein nicht beheben lassen wird – so nötig dort Verbesserungen, vor allem eine verbesserte Ausstattung, sind. Chancenlosigkeit und mangelnde Integration sind nach wie vor überwiegend wirtschaftliche Probleme, die in den Hauptschulen ankommen, um dort wieder verschärft zu werden. Jugendliche mit realen Chancen werden sich eher anstrengen, und Einwandererkinder, die Arbeit haben, integrieren sich auch sprachlich und kulturell. Die negativen Trends lassen sich im Ausbildungssystem abmildern, doch nicht aus der Welt schaffen.

Die Hauptschulverwahrlosung ist nur Teil eines großen Komplexes sozialer Deklassierung, in dem Dauerarbeitslosigkeit, zerrüttete Familien, generationenlange Gewöhnung an staatliche Unterstützung eine ebenso große Rolle spielen wie die Überforderung von Lehrern – diese sollen ja längst nicht nur Schulstoff vermitteln, sondern erst einmal elementare soziale Fähigkeiten wie konzentriertes Zuhören oder menschliche Rücksichtnahme mit den Kindern einüben. Im Extremfall muß so ein Hauptschullehrer das Elternhaus von dreißig Schülern in einer Schulklasse ersetzen, und das nach Stundenplan. Daß dies nicht gelingen kann, ist selbstverständlich. Durch den Einsatz von Sozialarbeitern, Streetworkern und Quartiermanagern – und wie die neuen Berufe im Zwischenfeld von Schulen, Polizei und örtlichen Verwaltungen sonst noch heißen mögen – wird auf diese Notlage bereits reagiert.

Früher galt für verzärtelte Bürgerkinder »die Straße« als bedrohliches Terrain, wo man in Kontakt kam mit den weniger behüteten Sprößlingen anderer Schichten. Das waren die »Schmuddelkinder«, von denen man sich fernzuhalten hatte – ohnehin war der Bürgernachwuchs stärker als diese ausgelastet durch Klavierspielen, Urlaub in der Ferne und anderes kulturelles oder sportliches Training. Es gibt in

Vierteln wie Berlin-Neukölln die »Straße« immer noch, und noch immer kann sie ein wilder Ort sein. Detlev Bucks Film »Knallhart« führt ihn melodramatisch, aber plausibel vor. Quartiermanagement hat seinen Sinn, es soll den öffentlichen Raum zugänglich für alle halten und unterstützt dabei die Sozialisation von Jugendlichen jenseits ihrer Problemfamilien.

Trotzdem hat diese Zuwendung durch Sozialarbeit etwas rührend Hilfloses und Vormodernes: Der öffentliche Raum, in dem Kinder und Jugendliche sich bewegen, ist ja längst nicht mehr nur oder in erster Linie die »Straße«. Es ist der ganze Raum der Medien – vom Fernsehen übers Internet bis zu jenen Mobiltelefonen, deren Gebrauch in bayerischen Schulen jetzt verboten werden soll.

Dieser virtuelle Raum verfließt mit der »Straße«, denn digitale Snuff-Videos können per Handy auf dem Schulhof – oder doch eher auf dem Schulweg – getauscht werden, und der PC-Anschluß steht in armen Quartieren eher im Internetcafé als daheim, also an der Straße. Neukölln ist voll von kleinen Internetbahnhöfen und Handystationen.

Der virtuelle Raum läßt sich weniger gut überwachen als der physische, und heute sind nicht immer die Jugendlichen besonders gefährdet, die sich an der lobenswerten »frischen Luft« mit anderen raufen, als vielmehr jene, die reglos und überernährt im Dämmer von Netzcafés auf den Müllhalden des World Wide Web spazierengehen. Oder jene, die zu Hause hocken bleiben und den Fernseher anschalten, um auf sich zukommen zu lassen, was die Nachmittagsprogramme so bieten. Oder die sich jene Pulp-Fiction holen, die in den DVD-Läden die höchsten Ausleihquoten haben.

Unsere Bildungskatastrophe hat neben ihrer ökonomischen und sozialen Seite einen kulturell-medialen und, ja, moralischen Hintergrund.

Wer von Erziehung sprach, mußte schon immer von Kultur reden; doch dieser Zusammenhang hat längst eine abgründige Dimension. Sie ist, unter anderem, beschlossen in dem Bonmot des Historikers Herfried Münkler, der einmal erklärte, als man das Privatfernsehen zuließ, man gleichzeitig die Ganztagsschule hätte einführen sollen.

Mit dieser Feststellung ist eine ernste Klassenfrage gestellt: Denn es sind die armen Schichten, die eher auf eine solche Ganztagsbetreuung angewiesen sind als die bessergestellten. Harald Schmidts höhnische Rede vom »Unterschichtenfernsehen« benennt die Wahrheit. Reiche Leute haben die Möglichkeit, ihre Kinder sinnvoll zu beschäftigen, auf sie aufzupassen, sie von den Roheiten der virtuellen »Straße« fernzuhalten und sie in einen verantwortlichen Medienkonsum einzuüben. Dagegen erreichen die Dreckfluten des medialen öffentlichen Raums die neuen Unterschichten – die man gönnerhaft gern als »bildungsfern« bezeichnet – überwiegend ungefiltert. Umweltverschmutzung hat die Quartiere der Armen schon immer ungleich stärker betroffen als die Wohngebiete der Reichen.

Daß arme Kinder heute größere Chancen haben, auch seelisch und moralisch zu verkommen, ist ein Skandal, der erst allmählich ins allgemeine Bewußtsein dringt. Wir erleben das Aufkommen einer medialen Klassengesellschaft, wo die einen staatlich geprüftes Jugendkino sehen und danach vielleicht zum Buch greifen, während die anderen mit Zombie-Movies verstört werden. Manche freilich müssen drunten sterben, wo die Untoten mit Maschinengewehren durch die Städte gehen, während anderen die Stühle gerichtet sind in zierlichen Märchenwelten. Es gibt nicht nur die Kluft bei der Ernährung, wo Fettleibigkeit durch Pommes zum Klassensignal wurde, während der besorgte Mittelstand sein Geld in Bioläden läßt: Es gibt auch den Zwiespalt bei der seelischen Nahrung, und das in einem Alter, in dem alle Eindrücke kaum verwischbare Folgen haben.

Der neue Trend zur Bildung ist auch eine Reaktion auf solche Bedrohungen – im Gesamtzusammenhang der mittelständischen Furcht vor sozialer Deklassierung, beispielsweise durch Hartz IV. Die Politik hat auf die virulente Gefahr der moralischen Verwahrlosung ganzer gesellschaftlicher Gruppen vorerst mit einer Integrationsdebatte und einem Appell zur »Werte-Erziehung« reagiert, für den sie den Beistand der Kirchen sucht.

Bemerkenswerterweise rufen nach Werten die neuen Helden jenes CDU/CSU-Bürgertums, das noch vor einem Vierteljahrhundert – zum Beispiel in Gestalt von Ernst Albrecht und Franz Josef Strauß – am energischsten für die Einführung des Privatfernsehens kämpfte und das also maßgeblich verantwortlich war für die medialen Auswürfe an Dreck, die uns von dort aus (neben manch ambitionierter Spartenaktion) täglich anwehen.

Fatal ist, daß die Gesellschaft sich heute in ihrer Breite so gut wie wehrlos gegen die Vulgarität gemacht hat.

Schon der Begriff Vulgarität – Adorno definierte ihn als »Einverstandensein mit der eigenen Erniedrigung« – verbietet sich eigentlich, denn er scheint sich gegen das Volk zu richten, von dem alle Staatsgewalt ausgeht. »Bis vor wenigen Jahrzehnten«, schrieb Max Goldt, »war die kulturell prägende Gruppe in Deutschland die obere Mittelschicht. Heute ist es die untere (...) Was wird folgen? Wird es so kommen wie in Nordamerika, wo einer mäßig fröhlich vor sich hinblödelnden Masse eine Bildungselite gegenübersteht, die sich so unglaublich ersatzgräflich und weinkennerhaft aufführt, daß es einem graust?«

Ja, alles spricht dafür, daß es genau so kommen wird.

Symptomatisch für das Problem mit der Vulgarität ist die

schwankende Geschichte des Verhältnisses der Intellektuellen zu Boulvardmedien aller Art – und hier natürlich besonders zur *BILD*-Zeitung. Als Organ von demagogischer Hetze und Machtmißbrauch war sie das zentrale Haßziel der Studentenbewegung. Von Böll bis Wallraff haben sich Schriftsteller an ihr abgearbeitet. Die *BILD* aber blieb, was sie war, und wenn sie ein wenig von ihrem kalten Kriegertum und ihrer Intellektuellenfeindschaft abzulassen schien, so lagen dem weniger eigene Lernprozesse als gewandelte politische Umstände zugrunde.

Im Jahre 1983 ratifizierte dann Hans Magnus Enzensberger in der Zeitschrift *Merkur* mit seiner Beschreibung des »Barockblatts« eine friedliche Koexistenz zwischen den Intellektuellen und dem Massenblatt – derselbe Enzensberger, der mit der Formel vom »Nullmedium« auch die Kulturkritik am Fernsehen mit sarkastischer Resignation auf Eis legte. Mit *BILD* müsse man leben wie mit der Bombe, als einer abgründigen Möglichkeit menschlicher Freiheit. Bald war es ein Signal intellektueller Spritzigkeit, sich auch mal empfänglich für die fauligen Reize des Boulevards zu zeigen.

Der Trend zur Verseifung selbst ehemals bürgerlicher und gebildeter Reviere in den Medien – und dazu zählte in seinem oft heiligen und nicht unkomischen Ernst früher zum Beispiel auch das öffentlich-rechtliche Fernsehen –, auch er ist Ausdruck einer Art lustvoller Resignation der Gebildeten gegenüber der Macht der Vulgarität in Inhalt und Form.

In der gegenwärtigen Erziehungsdebatte nun wird auf mechanische und bezeichnende Weise nicht vom Boulevard, sondern wieder einmal von den 68ern Abschied genommen. Dabei könnte es sich im Gegenteil als hilfreich erweisen, von der alten linken und längst begrabenen Unversöhnlichkeit gegen die Kulturindustrie wieder zu lernen.

Einige Ansätze neuer kultureller Strenge sind nicht zu übersehen, nicht zuletzt unter dem Eindruck der ungebrochenen politischen Kampagnenfähigkeit der *BILD*. Abstoßend bleibt auch die Moral des Blattes. Wer einen konkreten Beitrag zur Werte-Debatte lesen will, der sollte den brillanten Essay studieren, den der Schriftsteller Gerhard Henschel, wiederum im *Merkur*, im Dezember 2005 unter dem Titel »Von Tag zu Tag wird's schmutziger« über »*BILD* als Kulturproblem« veröffentlicht hat. Henschel hat sich der Mühe unterzogen, im Sommer und Herbst 2005 regelmäßig *BILD* zu lesen, also in der Zeit des Türck-Prozesses – ja, es ging um den Blowjob auf der Frankfurter Brücke – und des »Penis-Risses« eines Bundesliga-Spielers. Daneben läßt Henschel seine Blicke auf dem Anzeigenteil ruhen: »Ordinäre Olle mit dicken Dingern«, »Versaute Türkin zu allem bereit« – und er fragt, was bürgerliche, ja christliche Politiker in dieser Umgebung als Interviewpartner zu suchen haben.

Natürlich ist Henschels Tirade vor allem eine literarische Katharsis ohne Hoffnung auf Konsequenzen. Man würde sich nur wünschen, daß die nachweisbar kultivierten Damen und Herren, die für die Roheiten und Seelenanschläge im Fernsehen und in den Boulevardmedien publizistisch und redaktionell verantwortlich sind, die sechs Seiten aus dem *Merkur* einfach einmal lesen.

Eltern und ihren Kindern ist mit diesem intellektuellen Gegenzauber natürlich kaum gedient – ebensowenig wie mit Wertedebatten, die von jenen angestoßen werden, die sich neben der Nackten von Seite eins moralisch auslassen. Ja, auch christliche Kindergärten sollten den Kleinen schon Fairneß im Spiel, Gewaltverzicht und Toleranz beibringen, also zivilisatorisch an einer Erziehung gegen die Vulgarität arbeiten. Je älter und schlauer die Kleinen aber werden, um so dringender benötigen sie eine Medienerziehung – in Zeiten des mächtigen »Unterschichtenfernsehens« durchaus als Mittel gegen die wachsende soziale Spaltung.

So wie man den Kleinen beibringen muß, nicht bei Rot über die Straße zu laufen, so muß man ihnen nun auch klarmachen, daß Medien kraft ihrer Technologien und Unverfrorenheiten krank an der Seele machen können.

Der feintuerische Hohn gegenüber der Kulturkritik – er muß sein Ende finden, wo es um die Seelen der Kinder geht.

*Gustav Seibt, geboren 1959, ist Essayist und Literaturkritiker.*

## Vor der IMA-Zentrale

Ein großer grauer Klotz, umgeben von einem hohen Stahlgitterzaun, davor eine dezente Säule: IMA – Gesellschaft für Medienforschung.
Eine Pförnterloge mit Drehkreuzen. Dahinter warten schon eine Schulklasse, ein paar Rentner, Hausfrauen und einige Medienstudenten (kurze Haare, Hornbrille, Rucksäcke, Notizblöcke). Rainer wirft einen kurzen Blick auf die Informationstafel neben dem Eingang und stellt sich beim Pförtner an, Phillip, ein jüngerer Typ Ende Zwanzig mit verfilzten Haaren.

RAINER
Einmal die Führung, bitte.

## IMA-Zentrale

Ein Raum, in dem die eine Hälfte wie ein Wohnzimmer aufgebaut ist, mit einer Couch, einem Fernseh-/DVD-System mit Computer und einer Schaufensterpuppenfamilie, die starr am Fernseher vorbeiguckt. Auf dem Tisch stehen sogar Chips und Bier. Die Führung kommt herein. Die Gruppe stellt sich vor das Fake-Wohnzimmer. Rainer schlendert als letzter rein, sein Gesicht zeigt pure Verachtung. Die Führerin geht in die Deko und schaltet den Fernseher ein. Sie zeigt auf einen flachen schwarzen Kasten, etwas kleiner als ein Videorecorder. Jetzt blitzen Rainers Augen auf.

FÜHRUNG
Sooo, das hier ist das berühmte IMA-Meter, das über alles in diesem Land entscheidet. Wie Sie sehen, ist es am Fern-

seher angeschlossen und hat eine eigene Fernbedienung. Jedes Familienmitglied hat seine eigene Taste. Papa Taste eins, Mama Taste zwei und Sohnemann Taste drei. Und sogar für Gäste gibt es eine eigene Taste. Jeder, der sich vor den Fernseher setzt, muß sich anmelden, auch wenn da schon jemand anders sitzt. Hier oben auf dem Monitor haben wir die Livequote angezeigt. *(Sie deutet auf einen über den Köpfen hängenden LCD-Bildschirm.)* Soo, und jetzt bin ich mal die Mama und drücke auf die Nummer zwei. Passen Sie auf, was gleich passiert.

Sie drückt auf die Taste der Fernbedienung, der Fernseher schaltet auf eine Gerichtsshow um. Die Quote der Show geht nach oben.

FÜHRUNG
Wie Sie sehen, geht die Quote für Richterin Müller-Lüdenscheidt 15 000 Zuschauer nach oben.

Die Leute nicken, anerkennendes Gemurmel.

STUDENT
Das heißt, ein einziges Gerät steht für 15 000 Zuschauer?

FÜHRUNG
Ganz genau.

STUDENT
Kommt mir ganz schön viel vor. Werden die Familien dafür bezahlt?

FÜHRUNG *(lachend)*
Aber nein! Alles aus Liebe zum Vaterland, hahaha … folgen Sie mir bitte.

Sie deutet auf die Tür. Die Gruppe setzt sich in Bewegung. Nur Rainer bleibt unauffällig zurück. Der Student gibt keine Ruhe.

STUDENT
Glauben Sie wirklich, daß die das nach ein paar Wochen noch machen? Jedesmal nach vorn gehen und den Knopf drücken, wenn sie nicht mal dafür bezahlt werden? Das ist doch Quatsch.

Die Gruppe ist schon beim Ausgang, die Führerin bemerkt Rainers Abwesenheit nicht, weil sie mit dem Studenten beschäftigt ist.

FÜHRUNG
Aber natürlich! Warum denn nicht, junger Mann?

STUDENT
Weil nach dem dritten Bier der Weg von der Couch zum Fernseher zum Marathon wird, deshalb. Bei den heutigen Möglichkeiten der Technik ist das doch ziemlich antiquiert.

FÜHRUNG
Also ich muß doch bitten, wir sind Marktführer und machen das in zwanzig Ländern so, diese Methode hat sich als absolut präzise und zuverlässig erwiesen …

Die letzten Worte werden von der sich schließenden Tür verschluckt. Rainer macht einen Satz zur Fernsehkonstruktion, reißt hektisch die Kabel des Meßgeräts aus den anderen Geräten, stürzt sie dabei fast um, steckt das Gerät ein und geht dann rasch zur Tür. Rainer späht aus dem Raum.

Auf dem Gang ist niemand. Freie Bahn bis zum Ausgang. Rainer sprintet los.

## Vor der IMA-Zentrale

Rainer rennt auf die Straße, sieht sich panisch um. Keine Spur von Pegah. Direkt nach ihm kommt der Pförtner, Phillip, aus der IMA gestürmt. Gerade als Rainer bei seinem Auto ankommt, holt ihn Phillip ein. Er bedroht ihn mit einem Elektroschocker, wirkt aber selbst etwas überfordert. Pegah weiß nicht recht, was tun. Entsetzt beobachtet sie von innen Rainers verzerrte Grimasse. Phillip läßt langsam Rainers Arm los.

PHILLIP
Keine Bewegung! Das sind 20 000 Volt! Ganz ruhig!

Rainer hebt beschwichtigend die Hände.

PHILLIP
Was hast du da?

Rainer zieht die Box unter seinem Sakko hervor. Phillip wirft einen verwirrten Blick darauf.

PHILLIP
Was soll das denn? Leg's hin.

Rainer legt die Box aufs Autodach. Pegah ist inzwischen ausgestiegen und zu den beiden hinzugetreten. Phillip guckt gestreßt zu ihr, sieht in ihr aber keine Gefahr.

RAINER
Hör zu, ich hab das Ding nicht geklaut, wir brauchen das für unsere Aktion …

PHILLIP
Na sicher …

Phillip nestelt sein Funkgerät aus der Halterung um die Hüfte. Rainer redet weiter, seine Stimme klingt mühsam beherrscht.

RAINER
Bitte … wir sind einer Riesenverschwörung auf der Spur. Die Quoten, die da drin in dem Gebäude erzeugt werden, sind falsch, alles Fake. *(lauter werdend)* Die wollen, daß wir im geistigen Müll versinken, Mann!

Phillip fühlt sich von Rainer bedroht und kämpft weiter mit seinem Funkgerät. Jetzt hat er es in Betrieb.

PHILLIP
Phillip, bitte kommen.

Pegah stellt sich zwischen die beiden und stößt Rainer zurück.

PEGAH *(zu Rainer)*
Hör auf!

Phillip weicht überrascht und verwirrt ein paar Zentimter zurück.

PEGAH
Phillip, bitte, schau mich an. Phillip.

Phillip läßt sich von Pegahs Hypnoseblick beirren und das Funkgerät sinken.

PEGAH
Ich bin Pegah. Phillip, sehen wir aus wie Kriminelle?

Phillip antwortet nicht, was einem Nein gleichkommt.

PEGAH
Wir sind keine Kriminellen. Und du bist kein normaler Pförtner, das seh ich.

Phillip reagiert erstaunt, woher weiß sie das?

PEGAH
Wir brauchen das Ding für unsere Aktion gegen die große Verschwörung. Die wollen die Massen verblöden, um sie steuern zu können. Bitte hilf uns.

RAINER

Es …. es ist alles wie in *Brave New World*, nur viel schlimmer.

Phillip hat den Elektroschocker ein Stück sinken lassen, sieht Rainer sprachlos an und läßt ihn los.

PHILLIP

*Brave New World*?

Rainer nickt.

PHILLIP

Von Huxley?

Rainer nickt wieder.

PHILLIP

Erscheinungsdatum der Erstausgabe?

RAINER

1932.

Richtige Antwort. Des Pförtners Blick bleibt an der Quotenbox hängen.

PHILLIP

Und was … wollt ihr mit dem Ding da?

Rainer sieht Land.

RAINER

Gib mir fünf Minuten! Nur *fünf* Minuten, dann erklär ich's dir! Bitte!! Fünf Minuten.

Anna (Simone Hanselmann) und Rainer (Moritz Bleibtreu) machen sich frisch für den Abend

Rainer im Penthouse

Rainer

Pegah (Elsa Sophie Gambard)

Rainer hat gekündigt und trennt sich von seinem Flachbildschirm

Rainer mit Quotenbox, verfolgt von Phillip (Milan Peschel)

Pegah und Phillip in der Computerzentrale der Quoten-guerilleros

Rainer und Pegah

Maiwald (Gregor Bloéb) erpreßt Rainer …

… aber die Gang und Frau Arnim (Us Conradi) stehen hinter ihm

Moritz Bleibtreu und Hans Weingartner

Anfeuerung für die Zuschauer von *Hol dir das Superbaby*

Elsa Sophie Gambard

Hans Weingartner, Elsa Sophie Gambard

Christine A. Maier (Kamerafrau), Stefan Ciupek (HD-Consulter), Hans Weingartner, Moritz Bleibtreu

PHILLIP
Es kann immer noch … Zufall sein. Vielleicht … vielleicht haben wir wirklich nur die erwischt, die nicht manipuliert werden, weil sie halt von sich aus schon so blöd sind …

Sein Blick trifft Rainers, seine Stimme erstirbt. Rainer guckt so wild und abgründig, daß Phillip unwillkürlich nach unten guckt. Er schüttelt den Kopf.

RAINER *(nach einer Pause)*
Es ist alles wahr. Alles. Die Scheißquote stimmt. Bis auf drei Stellen hinterm Komma. Wirklich und wahrhaftig.

Die drei sehen sich betreten an. Nur Pegah wirkt immer noch kämpferisch.

Markus Ehrenberg

## Wer wird Milliardär?

*Zum System Einschaltquote*

Das Herz der deutschen Einschaltquote schlägt im Norden Nürnbergs, hinter dicken Metalltüren, im Erdgeschoß der Gesellschaft für Konsumforschung (GfK), in einem videoüberwachten »IT-Sicherheitsbereich« – zugänglich nur mit Chipkarte. Von hier, aus dem Rechenzentrum der GfK, verdichtet und erschlossen aus Hunderten von Kabeln, Reglern, blinkenden Displays, Tasten und Modems, die mit Tausenden von Wohnungen in der gesamten Republik verbunden sind, gehen jeden Morgen jene Zahlen an Deutschlands TV-Macher, die über Wohl und Wehe von Programmen und Personen entscheiden. Die Einschaltquote vom Vorabend beziffert den Marktanteil von Sendungen, also den Prozentsatz der Zuschauer, die zu einem gegebenen Zeitpunkt einen *Tatort* (ARD), eine Pilcher-Romanze (ZDF), einen Blockbuster-Movie (Pro7) oder aber einen Fassbinder-Themenabend auf ARTE verfolgt haben. Im allgemeinen Sprachgebrauch, wenn auch nicht ganz korrekt, wird mit der Einschaltquote meist die absolute Zuschaueranzahl einer Sendung bezeichnet. Das Halbfinalspiel der Fußball-WM 2006, Deutschland gegen Italien, erreichte mit 29,66 Millionen Zuschauern den Quotenrekord in Deutschland (Marktanteil: 84,1 Prozent). Von solchen Zahlen können so unterschiedliche Medienfiguren wie Friedrich Küppersbusch, die Simpsons, Anke Engelke, Roger Willemsen, Moderatorin Milena Preradovic, Harald Schmidt und sogar Quotenliebling Thomas Gottschalk mit seiner nicht sonderlich erfolgreichen RTL-Late-Night-Show nur träumen –

TEDI GmbH & Co. KG
40233 Düsseldorf
Ackerstrasse 34
Filiale 4568

Kasse 1

----------------------------------------

| | | |
|---|---|---|
| 2995300245 | Vorhaengeschloss | 1.00 |
| 6837600260 | Buch | 2.00 |
| 111 | Kerzen-Accessoir | 1.00 |

| | |
|---|---|
| Kaufsumme: | **4.00** |
| BAR | 5.00 |
| Rückgeld: | 1.00 |

| MWST% | Netto | + MWST | = | Brutto |
|---|---|---|---|---|
| MwSt 19% | 1.68 | 0.32 | | 2.00 |

| MWST% | Netto | + MWST | = | Brutto |
|---|---|---|---|---|
| MwSt. 7 % | 1.87 | 0.13 | | 2.00 |

----------------------------------------

| Filiale | BonNr | BedNr | Datum | Uhrzeit |
|---|---|---|---|---|
| F 4568 | 225505 | 030753 | 21.08.17 | 16:59 |

Steuernummer: 316/5953/0703

sie alle sind mehr oder weniger Quoten-Opfer. Sie alle sind abhängig vom Zuschauermeßsystem der GfK.
Es fällt schwer, Kritik an diesem über zwanzig Jahre etablierten System zu üben, da es so unabänderlich scheint. »Ohne Quote wäre ich ein Nichts«, sagt selbst Günther Jauch – mit gutem Grund. Die Einschaltquoten sichern den Preis, zu dem Werbeplätze im Fernsehen verkauft werden können, und damit den Wert der Moderatoren, Schauspieler, Programmformate, die um diese Werbeplätze herum zu sehen sind. Ob Quiz-, Sperma- oder – wie jüngst in den Niederlanden – Nierenshow, ob Trash- oder Polittalk, Pilcher- oder Arthouse-Film, Boulevardmagazin oder Late-Night-Programm, renommiert oder unbekannt – unabhängig von der Qualität der Sendungen und Personen bestimmen allein die nackten Zahlen, die aus dem Rechenzentrum der GfK morgens um 8 Uhr 30 auf die Tische der Senderchefs, Produzenten und Programmplaner kommen, über die Verwendung von insgesamt mindestens acht Milliarden Euro. So viel Werbe- und Gebührengelder werden jährlich für Fernsehprogramme aufgebracht. Die Quote entscheidet über Tops und Flops und damit letztendlich über die Art von Fernsehen, die wir täglich sehen. Das betrifft Günther Jauch mit seinem Quiz-Dauerbrenner *Wer wird Millionär?* auf RTL genauso wie den Grimmepreisträger Friedrich Küppersbusch, dessen Politmagazin *Privatfernsehen* 1997 von der ARD abgesetzt wurde, oder Anke Engelke, die 2004 vier Monate lang versuchen durfte, bei Sat1 eine Late-Night-Show mit einer weiblichen Moderatorin zu etablieren.

Quotenhörigkeit, unken die einen. Es geht nur so, erwidern die anderen. Aber haben letztere auch recht? Bei der Suche nach Sinn und Unsinn der deutschen Einschaltquote stößt man auf einige Ungereimtheiten. Sie betreffen die ausgewählten, anonym bleibenden Testzuschauer, die verläßlich den Fernsehgeschmack der gesamten Republik repräsentieren sollen; sie betreffen das von der GfK verwendete Einschaltmeßgerät, das von vielen Kritikern als technisch veraltet bezeichnet und zur Zeit wieder erneuert wird. Vor allem aber betreffen sie den unerschütterlichen Zusammenschluß der großen TV-Sender, die seit Jahrzehnten ein Marktforschungsinstitut mit dem Job der Quotenermittlung betrauen, welches zugibt, daß seine Methode auch Beschränkungen unterliegt – eine Methode, die die Fernsehsender als Auftraggeber jährlich rund 20 Millionen Euro kostet.

## Die Quotenmacher

20 Millionen Euro. In Anbetracht dieser Summe erscheint es dem Besucher im Rechenzentrum der Marktforscher als reizvolle Vorstellung, einfach mal schnell ein paar Kabel rauszuziehen und abzuwarten, ob Einschaltquoten, Marktanteile, Budgets und Sender stürzen. Dazu müßte er allerdings erst mal Zutritt erhalten zum Hochsicherheitstrakt der GfK-Fernsehforschung, eine für Unangemeldete ziemlich aussichtslose Mission. Neugierige kommen sowieso selten zur GfK nach Nürnberg, und auf die tägliche Einschaltquote müßte auch bei einem mutwilligen Kabelriß nicht verzichtet werden. Die Systeme seien doppelt gesichert, versichert ein Mitarbeiter, und bei Stromausfall läuft ein Notstromaggregat. Zur Not 35 Stunden lang.

Vielleicht wirkt Michael Darkow, der Leiter der GfK-Fernsehforschung, deswegen so ruhig, als er drei Stockwerke über dem Rechenzentrum über Stärken und Schwächen der deutschen Zuschauerforschung spricht, während draußen ein heftiges Gewitter tobt und in der Nähe ein Blitz einschlägt. Darkow – wache Augen, buschige Augenbrauen, randlose Brille, kahler Schädel – erklärt dem Besucher geduldig die Gesetze des Fernsehmarktes mit seinen Spielregeln und Unabänderlichkeiten – man muß unwillkürlich an Richter Adam aus Kleists *Der zerbrochne Krug* denken. In den Medien wird Darkow öfters als »Quotenmacher« oder gar als »Schicksalsmacher« bezeichnet. Manche behaupten, es gebe keinen, der mehr über Fernsehzuschauerforschung in Deutschland weiß als Michael Darkow. Hat die GfK in Sachen Einschaltquote nicht schon mal danebengelegen? Wie wahrscheinlich sind technische Fehler, die sich auch auf das Schicksal von Engelke, Küppersbusch & Co ausgewirkt haben könnten?

Zum Beispiel am 17. Januar 1993. An diesem Tag weist die GfK-Fernsehforschung für den Kultursender ARTE um 15 Uhr 90 000 Zuschauer aus. ARTE-Programmstart war jedoch um 17 Uhr. Ein paar Wochen später sendet VOX aufgrund einer technischen Panne zwischen 19 Uhr 59 und 20 Uhr 08 ein schwarzes Bild. Laut GfK-Messung sahen 50 000 Personen zu. Es habe in den Jahren 1993 und 1994 in der Tat eine Situation gegeben, in der die GfK über einen gewissen Zeitraum falsche Daten ausgeliefert habe, Grund sei ein Softwarefehler nach einer Umstellung gewesen, räumt Michael Darkow ein. »Mir ist bewußt, welche dramatische Verantwortung man in so einer Funktion trägt, daß ein Markt, daß Personen durch die Quoten wirtschaftlich ruiniert werden können. Das ist so. Wir arbeiten hier aber auch nicht als unabhängige Stiftung der empirischen Sozialforschung, die in dem Sinne wertfrei wäre, sondern es stecken selbstverständlich Ziele hinter unserer Fernsehzuschauerforschung.« In dem GfK-System spiegelten sich Kompromisse zwischen allen Beteiligten wider: den Auftraggebern in der Arbeitsgemeinschaft Fernsehforschung (AGF), also den TV-Sendern, ihren Vermarktern und der Werbewirtschaft. »Und«, so Darkow nach einer kleinen Pause weiter, »letztendlich sind wir, die GfK, nicht die Gestalter der Quotendaten, sondern die Übermittler der Botschaften, die unsere Testhaushalte stellvertretend für die Fernsehbevölkerung zum Ausdruck bringen.«

»Kompromisse« und »Ziele« – unauffällige Begriffe, aber welcher Anspruch steckt dahinter? Um zu verstehen, was am derzeitigen System der Fernsehzuschauerforschung fragwürdig sein könnte, muß man Darkows Büro zunächst einmal verlassen und sich ein Bild davon machen, wo die Fernsehforschung herkommt, wie sie – zumindest auf dem Papier – funktioniert und was sie als ihre Aufgabe ansieht. Und warum sie sich nur ungern in Frage stellt. Wer steht hinter dieser Forschung? An der Arbeitsgemeinschaft Fernsehforschung sind neben ARD und ZDF (samt gemeinsam veranstalteter Programme wie 3sat, ARTE, KI.KA und Phoenix), der RTL-Gruppe (RTL, RTL II, Super RTL, VOX, n-tv) und ProSiebenSat1 Media (ProSieben, Kabel 1, Sat1, N24, 9Live) auch kleinere Sender wie DSF, Eurosport, Das Vierte, DMAX oder MTV als Lizenznehmer und Datennutzer beteiligt. In den Konventionen der AGF (Stand: 25. Oktober 2000) findet sich folgender, durchaus erstaunlicher Passus: »Die AGF-Sender und Lizenznehmer der AGF und die Verbände GWA und OWM *[die Verbände der Werbebranche und Kommunikationsagenturen sowie der werbungtreibenden Firmen, ME]* verpflichten sich, bei Problemfällen in den Gremien der AGF Lösungen zu suchen und keine öffentliche Kritik zu üben. Wer durch öffentliche Kritik statt interner Kontrolle und Verbesserung des Systems der AGF Schaden zufügt, kann von der Nutzung des Systems ausgeschlossen werden.«

## Die Methode – von der Umfrage bis zur Quotenbox

Problemfälle. Keine öffentliche Kritik. Sender, Forscher und Werber unter sich. Das klingt nach geschlossenem System und markiert eine deutliche Veränderung gegenüber der Zeit, als es bei der Zuschauerforschung noch nicht um Milliardenbeträge ging und möglichst sekundengenaue Aussagen darüber, wie viele Menschen welcher Herkunft in Deutschland was wann gesehen haben, bestenfalls Kaffeesatzleserei waren. 1963 begann die kontinuierliche quantitative Zuschauerforschung mit dem Sendebetrieb des ZDF (und damit einem mit der ARD konkurrierenden Sender) und dem ersten automatischen Zuschauermeßgerät, dem sogenannten Tammeter, das die Daten mit einer Zeitverzögerung von 14 Tagen an die Sender brachte. Das war immerhin ein Fortschritt, bis dahin gab es lediglich Zuschauerbefragungen, die von Programmzeitschriften durchgeführt worden waren. Daß die Zahlen ab 1974 aussagekräftiger und aktueller wurden, ist Klaus Liepelt zu verdanken. Der Kommunikationswissenschaftler ist der eigentliche Begründer des heutigen Systems der Fernsehzuschauerforschung, der Teleskopie. Darunter versteht man, vereinfacht ausgedrückt, die Bestimmung der Einschaltquote mit Hilfe eines Zusatzgerätes am Fernsehgerät. Die Quotenboxen – im Mediendeutsch GfK-Meter – werden von einem ausgewählten Personenkreis bedient, der als repräsentativ für die gesamte Zuschauerschaft gedacht ist. Die Testseher müssen sich jedesmal mit einer zur Box gehörigen Fernbedienung zum Fernsehen anmelden, beim Ausschalten abmelden und auch angeben, mit wie vielen Personen sie eine Sendung verfolgen.

Die erste Quotenbox, der Teleskomat, war Klaus Liepelts

Erfindung. Der Vorläufer des GfK-Meters habe in den 70er Jahren »eingeschlagen wie eine Bombe«, erinnert sich der Honorarprofessor an der Hochschule Mittweida, der Tammeter sei demgegenüber »ein besserer Fahrtenschreiber« gewesen. Mußten die Sender zuvor zwei Wochen auf die Übermittlung der Einschaltquote warten, war es nun, per Modem und elektronischer Datenübermittlung, noch in derselben Nacht möglich, die Angaben über das Zuschauerverhalten abzurufen und damit über schnellen Erfolg oder Mißerfolg eines Fernsehformats zu urteilen. Nach und nach wurde die Anzahl der Haushalte erhöht, bis 1985 das sogenannte »Panel« als Untersuchungsmethode für die Fernsehforschung entdeckt wurde.

Das Zuschauerpanel der GfK gilt als eine der weltweit aufwendigsten Methoden der Zuschauerforschung, und wer sich Michael Darkows Erläuterungen anhört, glaubt auch fast, es sei die bestmögliche. Das Panel soll ein verkleinertes Abbild der in Deutschland lebenden Deutschen und der EU-ausländischen Wohnbevölkerung in Privathaushalten mit mindestens einem Fernsehgerät darstellen. Die nach Alter, Einkommen, Bildung, Kinderzahl und Beruf ausgewählten Fernsehhaushalte wurden seit der Einführung der Teleskopie nach und nach auf 5640 aufgestockt, wobei es mindestens 220 Haushalten in jedem Bundesland sind, um regionale Sender einzubeziehen. Das ergibt insgesamt rund 13 000 Testseher, die repräsentativ für die »Grundgesamtheit« der Bundesrepublik Deutschland sein sollen. Damit läßt sich laut GfK aussagekräftig ermitteln, wieviel Angestellte *Wer wird Millionär?* gesehen haben oder wie viele Frauen das WM-Halbfinale 2006. Die Informationen über diese »Grundgesamtheit«, über soziodemographische Aspekte (wie Bildungsstand), Haushaltsmerkmale (Kinderzahl), Geräteausstattung und Empfangsebenen (Kabel oder

Satellit) liefert die »Media-Analyse« (MA), eine Erhebung zum Mediennutzungsverhalten der deutschen Bevölkerung, die von der Arbeitsgemeinschaft Media-Analyse durchgeführt wird. Darin sind Werbungtreibende, Verlage und TV-Sender vertreten. Die Haushalte können sich nicht selbst zur Quotenermittlung bewerben. Laut GfK hat bei einer »systematischen Zufallsauswahl von Orten und Straßen theoretisch jeder Haushalt die Möglichkeit«, in die Stichprobe zu gelangen.

## Der Testzuschauer: ein Phantom

Theoretisch hört sich das recht plausibel an, praktisch wirft es weitere Fragen auf. Was ist, wenn die per Zufallsgenerator ausgewählten Haushalte keine Lust auf Testfernsehen haben? Nicht jeder Angesprochene mache mit, sagt die GfK. Bei zwei Bevölkerungsgruppen falle die Anwerbung besonders schwer: bei jungen, großstädtischen Singles und älteren Witwen auf dem Lande. »Die wollen kein Gerät, keine Verkabelung zu Hause.« Laut Michael Darkow sind seit 1985 immerhin etwa 20 000 Haushalte aktiv durch dieses System gegangen. Aus dem Stamm der Testhaushalte gebe es Fluktuation meist nur bei Umzügen. Warum aber, fragt man sich, ist einem in zwanzig Jahren Medienjournalismus noch kein einziger Angehöriger eines solchen Testhaushalts begegnet? Dabei hat doch angeblich jeder mit jedem auf der Welt über sieben Ecken miteinander zu tun, nur die GfK-Teilnehmer scheinen diesem Reigen zu widerstehen. Die Suche nach Testsehern gleicht der Jagd nach einem Phantom. Selbst auf Zeitungsanzeigen meldet sich niemand. Manche wollen dann doch noch jemanden kennen, der einen Panelhaushalt kennt, dieser wolle aber Journalisten

partout nichts sagen, schon gar nicht darüber, ob sich das Leben als TV-Tester möglicherweise auch manipulativ auf die Fernsehnutzung auswirkt.
Die Programmzeitschrift *TV Movie* wollte einmal einen Panelteilnehmer gefunden haben und zitierte ihn mit den Worten: »Wir hatten das Gefühl, das Programm mitbestimmen zu können.« Es soll Leute geben, die versuchen, die Quote ihrer Lieblingsserie in die Höhe zu treiben, indem sie mehrere Anmeldeknöpfe auf der GfK-Fernbedienung drükken – Stichwort Meßeffekte. Oder sich an ihrer Macht berauschen, wie jener Stefan S. (27), der der Zeitschrift *TV neu* erzählte: »Wenn ich Harald Schmidt einschalte, hat der gleich 6000 Zuschauer mehr.« Herr S. hätte eigentlich schweigen müssen. »Es existiert eine schriftliche Vereinbarung, in der sich die Haushalte und wir zur Verschwiegenheit bereit erklären.« Jeder Versuch, so Darkow, Einfluß zu nehmen, müsse unterbunden werden. Es habe auch Fälle gegeben, wo sich Testhaushalte für TV-Sendungen offenbarten. »Diese Haushalte wurden ausgewechselt, die Sender zahlten eine Art Strafe.« Die Adressen werden von der GfK gehütet wie die Goldbarren der Bundesbank. Klaus Liepelt, der Vater der Zuschauerbox, hat zwar mal bei »einigen von denen« in der Wohnung am Gerät »herumgeschraubt«, aber die Namen? »Wo denken Sie hin? Gott, behüte!« Wer die Adressen der Testseher nennt oder gar aufsucht wie in Hans Weingartners Film der ehemalige Fernsehproduzent Rainer bei seinem Feldzug gegen die Sender, handelt sich riesigen Ärger ein. In den USA haben es mal ein paar Journalisten geschafft, dem Unternehmen Nielsen Media Research Adressen von Testhaushalten zu entwenden – das war schlecht für die Glaubwürdigkeit der US-amerikanischen Einschaltquoten, den sogenannten Nielsen Ratings. Die aufgeflogenen Haushalte wurden aus dem Panel hinausgeworfen, ein Millionen Dollar teures Ärgernis.

Somit läßt sich über den Testzuschauer, das unbekannte Wesen, nur soviel festhalten: Er verbringt mehr Zeit vor der Glotze als vor zehn Jahren, quer durch alle Bevölkerungsschichten. Die durchschnittliche tägliche Sehdauer hat sich von 175 auf 211 Minuten verlängert, in Sachsen-Anhalt gar auf 278 Minuten – mehr als viereinhalb Stunden. Und auf mindestens 5640 Fernsehern in Deutschland steht eine schwarze GfK-Box inklusive eines Mikrocomputers: das GfK-Meter, sozusagen der Puls der Einschaltquote. Das Gerät sieht aus wie eine Kreuzung von Radiowecker und Bügeleisen. Das Display zeigt an, welche Haushaltsmitglieder den Fernseher gerade nutzen, gekennzeichnet durch persönliche Buchstaben und Lämpchen. Bis zu acht Personen können sich zum Fernsehkonsum mit einer GfK-Fernbedienung an- und abmelden, dafür bekommen sie rund zehn Euro im Monat. Das GfK-Meter zeichnet die Nutzung des Fernsehens und aller daran angeschlossenen Zusatzgeräte wie Zweitfernseher und Videorecorder sekundengenau auf, registriert also, wenn jemand umschaltet oder aufgezeichnete Sendungen angesehen werden. Die Meßdaten der jeweils vergangenen 24 Stunden werden Nacht für Nacht um drei Uhr automatisch aus den Testhaushalten per Telefonmodem in die GfK-Rechenzentrale übertragen, wo sie bis zum Morgen anhand der von den Anbietern eingegangenen Sendeprotokolle (was lief genau wann) gewichtet und zur Quote ausgewertet werden. Danach gehen die Ergebnisse den AGF-Mitgliedern und Lizenznehmern zu – den Sendern und Werbetreibenden.

Wenn man schon nicht genau weiß, wer da von 3 bis 3 Uhr stellvertretend für die gesamte Bundesrepublik fernsieht, steht zumindest fest, wer es nicht tut: Nicht-EU-Ausländer, darunter zum Beispiel die 1,8 Millionen in Deutschland lebenden Türken ohne deutschen Paß. Diese werden von dem ganzen Meßystem nicht erfaßt. Dabei erreichen nach einer Studie von ARD und ZDF vom Juni 2007 die deutschen Medien mit ihrem Angebot den Großteil der Migranten und Ausländer in Deutschland. Fernsehen ist auch bei diesen das Leitmedium, und nur ein geringer Teil nutzt ausschließlich heimatsprachige Medien. In Deutschland leben und wohnen rund sieben Million Ausländer. Nur wenige von ihnen, die EU-Ausländer, also Griechen oder Italiener, sind mit 140 – von insgesamt 5640 – Haushalten im Testsystem vertreten. Die beiden mit rund 2,8 Millionen Menschen größten in Deutschland vertretenen Ausländergruppen, Türken und Bewohner des ehemaligen Jugoslawien, werden von dem GfK-Panel nicht berücksichtigt. Von einer korrekten Repräsentation der »Grundgesamtheit« kann bei diesen Zahlen kaum die Rede sein.

Das ist eine der auffälligsten Schwächen der deutschen Fernsehzuschauerforschung, auch Michael Darkow kann dem nicht widersprechen. »Wir wissen, verglichen mit den soziodemographischen Informationen über deutsche Haushalte, einfach zu wenig über diesen Bevölkerungsteil, um ihn auf dem erwarteten Qualitätsniveau in das Panel einbringen zu können.« Und das, obwohl auch dieser Bevölkerungsanteil gerne konsumiert, also von Interesse für die werbungtreibende Industrie sein müßte. Ebensowenig erfaßt werden Millionen Fernsehzuschauer beim Public Viewing, in Kneipen, Studentenwohnheimen und Kliniken. Auch nicht in Büros oder Hotels, Orte, wo gerade Nachrichtensender wie n-tv oder N24 einen gewichtigen Teil ihrer Zielgruppe vermuten. Oder die mehr als zweihundert Sender, die heutzutage auf analogen und digitalen Wegen zu empfangen sind, ohne daß sie in den GfK-Berichten auftauchen. Ganz abgesehen von den Testpersonen, die nur einschalten, aber nicht unmittelbar zusehen, sondern eingeschlafen sind oder irgendwo in der Wohnung Abendbrot essen. Oder nach Monaten einfach keine Lust mehr aufs ständige An- und Abmelden haben und die GfK-Fernbedienung in die Schublade legen. All das beeinflußt – trotz regelmäßiger Checks, Telefonabfragen und Stichproben – die Verallgemeinerungsfähigkeit der Untersuchungsergebnisse, kurz: die Treffsicherheit der Quote. »Schwankungsbreite« heißt das im Jargon der Markt- und Konsumforscher, als ob es sich um eine Naturgegebenheit handelte.

An dieser Unsicherheit dürfte auch die Einführung eines neuen Meßgeräts nicht allzuviel ändern, welches neben der Nutzung neuartiger Aufzeichnungsgeräte wie DVD-Recorder und zeitversetztem Fernsehen mit digitalen Festplattenrecordern Gäste in beliebiger Zahl in den Panel-Haushalten berücksichtigt (bisher funktionierte das nur mit einem Gast). Alte und neue Panelteilnehmer sollen stufenweise bis 2009 mit dem neuen Gerät – dem Telecontrol score – ausgerüstet werden, das wie sein Vorgänger von einer Schweizer Firma hergestellt wird. Die GfK hofft, daß dadurch »noch ein paar Prozentpunkte Fernsehnutzung« dazukommen, die zur Zeit nicht abgebildet werden. Eine konkrete Messung von außerhäusigem Fernsehen finde allerdings weiterhin nicht statt. Und in bezug auf mobilen Fernsehkonsum, beispielsweise per Handy-TV, müsse man, so Darkow, noch abwarten. »Ich denke, wir erfassen bei der Fernsehzuschauerforschung mehr als 90 Prozent der Bevölkerung. Bei diesen berücksichtigen wir vielleicht aber nur 95 Prozent der Fernsehnutzung.«

## Die Alternativen oder: Existiert die Einschaltquote überhaupt?

Es stellt sich die Frage: Wenn der Arbeitsgemeinschaft Fernsehforschung die technischen Probleme und Beschränkungen des GfK-Systems bekannt sind, warum werden keine alternativen Meßmethode erprobt? Die Ermittlung der deutschen Fernsehquoten müßte jedenfalls nicht auf die Aktivitäten der GfK beschränkt bleiben, beispielsweise betreibt das internationale Medienforschungsunternehmen Nielsen Media Research, das in den USA landesweit die Einschaltquoten ermittelt, auch hierzulande Fernsehforschung. Nielsen Media ist in der Lage, die Fernsehnutzung der deutschen Bevölkerung ab sechs Jahren in TV-Haushalten zu messen, wobei unterschiedliche soziodemographische Haushalts- und Personenmerkmale gemessen und repräsentativ abgebildet werden. Bis Ende 2006 kam im Rahmen der sogenannten »Single Source«-Konsumforschung ein interaktives TV-Meter, auch »Eurometer« genannt, in 4500 Testhaushalten zum Einsatz. Diese Box funktioniert ähnlich wie das GfK-Meter, sie registriert nach Anschluß an die Fernsehgeräte sekunden- und personengenau das Ein-, Um- und Ausschalten und leitet die Daten per Telefon zur Verarbeitung weiter. Auch wenn das Nielsen-Projekt aus Kostengründen eingestellt wurde, attestieren ihm selbst Konkurrenten wie GfK-Mann Darkow eine durchaus verläßliche Konsumforschung.

Offenbar nicht verläßlich genug für die Auftraggeber der Quotenermittlung. Man habe mit dem derzeitigen Verfahren seit 1984 »gute Erfahrungen in Sachen Qualität und Wirtschaftlichkeit« gemacht, sagt Karin Hollerbach-Zenz, Leiterin der Technischen Kommission der AGF. Zum aktu-

ellen Vertrag mit der GfK, der von 2005 bis 2011 läuft, habe es keine Alternativen gegeben.
Das mag sein. Und vielleicht kann die GfK dem technologischen Wandel noch folgen und mit dem Telecontrol score die geplanten Verbesserungen erzielen. Doch für viele Branchenkenner geht die Einführung eines neuen Meßgerätes am Kern des Problems vorbei: der Frage, wem das derzeitige Quotenverfahren in besonderem Maße nutzt und für wen es so unantastbar ist, daß jede öffentliche Kritik daran vermieden werden soll. Eine andere Frage ist, ob die Quote nicht allzuoft instrumentalisiert wird. Muß das Fernsehen eigentlich bis in alle Ewigkeit eine Geißel der Einschaltquote sein? Endgültige Antworten gibt es nicht, zumindest nicht bei Michael Darkow, bei einem angemeldeten Besuch in der GfK.

Vielleicht hilft ein Blick ins aktuelle Fernsehprogramm. Was hier läuft, müßte den Quoten-Test bestanden haben. Und jeder Senderchef, der vor ein paar Jahren erklärt hätte, daß dem deutschen Durchschnittszuschauer (also in der Logik der Quotenforscher: dem Panel-Teilnehmer) die Figuren eines kauzig-seltsamen Privatdetektivs und eines humpelnden, zynisch-misanthropischen Arztes zuzumuten seien, wäre für verrückt erklärt worden. Mittlerweile aber werden die ausgezeichneten US-Serien *Monk* und *Dr. House* auf RTL Woche für Woche von drei bis vier Millionen Zuschauern gesehen – Erfolge im Sinne der Einschaltquote und zugleich Beweis dafür, daß ein besseres Fernsehen, das den Zuschauer nicht für dumm verkauft, möglich ist. Ein älteres Beispiel: *Privatfernsehen*, das ARD-Politmagazin von Friedrich Küppersbusch. Es hatte durchschnittlich eine Million Zuschauer und wurde 1997 nach nur zwölf Monaten eingestellt. Man kann diese – vermeintlich schwache –

Quote auch anders interpretieren. Mit ungefähr einer Million Zuschauer (der minutengenauen Quotenmessung sei Dank!) ging *Sabine Christiansen* öfters mal gegen Ende ihres einstündigen, im Sommer 2007 eingestellten Sonntagabend-Talks aus der Sendung. Dieses Format galt als erfolgreich. Den *Tatort* vor *Christiansen* sahen in der Regel sieben Millionen Zuschauer. Von sieben Millionen auf eine Million – bei solchen Zahlen hätte man, so Küppersbusch, auch *Sabine Christiansen* »zur schlimmsten Sendung der Welt schlechtreden können«. Der TV-Produzent hält »die tradierte Debatte über die GfK-Zahlen für unehrlich – zu geringe Datenbasis«. Die Quote als ausschließliche Begründung für die Absetzung von *Privatfernsehen*, das holpere schon etwas. Was Küppersbusch und andere Branchenkenner meinen: Solche Quoten-Entscheidungen werden stark an vermeintliche Zuschauerwünsche gebunden, doch im Hintergrund stehen oft Programmverantwortliche, die sich auch bei den Öffentlich-Rechtlichen mehr Unterhaltung, weniger Politik und Polarisierung wünschen.

Das sind sicher nicht jene »Kompromisse« und »Ziele« in der Zuschauerforschung, von denen Michael Darkow, der Überbringer der Quotenzahlen, spricht. Die geringe Datenbasis ist auch nicht der schwerwiegendste Einwand gegen die Plausibilität der Einschaltquote in Deutschland, auch wenn man sich kaum vorstellen kann, wie ein verschwiegener, jahrelang nahezu unveränderlicher Zirkel von 13 000 Testsehern für rund 72 Millionen fernsehende Bundesbürger einstehen soll. Das eigentliche Problem aber liegt woanders, und es trifft den Kern des ganzen Systems: Möglicherweise gibt es gar keine Einschaltquote! Jedenfalls keine Quote, die vorgibt, eine zuverlässige Aussage über Tops und Flops des Tages machen zu können. Das behauptet zumindest der Brandenburger Jens Wiedeck, der vor ein paar Jahren unabhängig von den großen Forschungsunternehmen versucht hat, dem GfK-System mit einem Verfahren namens »quote« eine alternative Methode entgegenzustellen. Wiedecks Kritik hebt die aktuell gültige Zuschauerforschung aus den Angeln. Sie setzt zunächst technisch an, am Meßgerät, der Quotenbox. Das GfK-Meter mißt den eingeschalteten Kanal, nicht das Programm. »Vereinfacht ausgedrückt liefert das GfK-System keine objektiven Informationen, da es dem oft modernen Tuner im Testfernseher mit dem eher veralteten Tuner im GfK-Meter eine unpassende Technologie aufdrückt.« Die alternative quote-Box würde – so Wiedecks Anspruch – das messen, was wirklich angesehen wird, was also aus dem Tuner des Fernsehens tatsächlich herausgeht. »Beim GfK-Meter kann es in Anbetracht der unterschiedlichen Einspeisungsmodalitäten von Kabelplätzen in Deutschland immer wieder vorkommen, daß zum Beispiel Pro7 und Sat1 plötzlich bei einer Störung ihre Plätze tauschen. Das kriegt der GfK-Meter nicht mit.« Die Folge: falsche Informationen über das, was zu einem gewissen Zeitpunkt wirklich gesehen wurde. Und damit, schlimmstenfalls, Wettbewerbsverzerrung. Außerdem, so Wiedeck, gebe quote die gemessenen Daten in Echtzeit weiter. Noch während der Sendung kann die Quote übermittelt werden. Hingegen gönne sich die GfK »eine längere Nachbearbeitungszeit«.

Ob die GfK damit auch »ein Glaubwürdigkeitproblem hat, was die Ermittlung der realen Zuschauerzahlen betrifft«, ist schwer nachvollziehbar. Das Erstaunliche an quote: Es ist technisch machbar. Die Landesregierung Brandenburg hat Wiedecks Pläne schon über ein Jahr lang als Großversuch im Lande finanziert, auf dem Markt konnte er sich dennoch nicht durchsetzen, augenscheinlich, weil quote von den an der AGF beteiligten Sendergruppen unabhängig ist. Die werbetreibende Industrie sei dagegen sehr interessiert gewesen, sagt Wiedeck. »Sie fühlte sich mit dem quote-System offenbar besser darüber informiert, wofür sie jedes Jahr ihre Milliarden Euro Werbegelder ausgab.« Doch kurz bevor der Jungunternehmer das nötige Kapital für die Markteinführung bekommen sollte, sei ein Unternehmen abgesprungen, das offiziell darzustellen plante, daß es in Zukunft die quote-Daten nutzen wolle. Den Namen des Unternehmens will Wiedeck nicht nennen. Angeblich habe ein Fernsehsender dem Unternehmen die Pistole auf die Brust gesetzt: »Wenn ihr das neue Quotensystem unterstützt, könnt ihr bei uns in der Vorweihnachtszeit keine Werbung plazieren.« Man kann hierbei nicht oft genug darauf hinweisen, daß sich Privatsender ausschließlich über Werbeeinnahmen finanzieren. Und da gilt: Je größer die Zuschauerzahl, desto teurer die Werbebuchung. Kein Wunder, daß die Sender befürchten, ihre Zuschauerschaft in der werberelevanten Zielgruppe der 14- bis 49jährigen könnte nach alternativen Meßverfahren gar nicht so groß sein. Der Anteil am Milliarden-Euro-Werbekuchen steht auf dem Spiel.

Das Herz der Quote, das technische Maß aller Fernsehdinge, mag im Nürnberger Rechenzentrum der Gesellschaft für Konsumforschung schlagen. Die Frage aber bleibt, welches Hirn hinter alldem steckt, welche Logik. Selbst Michael Darkow räumt ein: »Wir befinden uns mit unserer Fernsehzuschauerforschung in einem schwierigen Feld. Wir liefern hochrechenbare Informationen, die Beschränkungen haben, die aber nicht unbekannt sind.« Man muß Jens Wiedeck, dem enttäuschten Jungunternehmer, nicht in jeder Kritik gegen die derzeitige Quotenerhebung folgen. Man kann den Aufwand, den Darkow und die GfK-Fernsehzuschauerforschung betreiben, durchaus anerkennen – Wiedecks Fazit zur Qualität dessen, was tagein, tagaus als Folge der offiziellen Quotenermittlung über deutsche Bildschirme flimmert und rauscht, läßt sich kaum widersprechen: »Das AGF/GfK-System hat meines Erachtens nur ein Ziel: die Vermittlung eines Lebensgefühls, das ausschließlich am Konsum orientiert ist. Und da sich auch ARD und ZDF auf dieses System eingelassen haben, nicht daran rütteln oder herumdeuteln, haben solche Leute wie Roger Willemsen oder Friedrich Küppersbusch, die auch mal Tabus im deutschen Fernsehen gebrochen haben, kaum Platz mehr im Programm.«

Und am Ende hat er – systemisch betrachtet – immer recht, der Fernsehmann in Weingartners Mediensatire *Free Rainer*: »Die Zuschauer wollen Titten sehen und wissen, wie man Steuern spart.«

*Markus Ehrenberg, geboren 1965, Studium der Germanistik, Philosophie und Politologie, ist seit 1999 Medienredakteur des* Tagesspiegel *in Berlin.*

## Eine Pension, Garten, nächster Mittag

Es ist sonnig, aber kalt. Rainer, Phillip und Pegah sitzen auf Steinbänken an dem leeren kaputten Swimmingpool, der zum Haus gehört. Rainer und Phillip sind schwer verkatert, tragen Sonnenbrillen. Sie haben ein Tablett mit Kaffee rausgenommen. Pegah hat sich eine Decke umgehängt, wärmt sich an der Kaffeetasse. Alle drei sehen niedergeschlagen auf das Wasser. Rainer trinkt ein Konterbier.

RAINER
Tja, das war's dann wohl. Tut mir leid, daß ich euch in meine Wahnvorstellungen mit reingezogen habe.

Rainer beginnt Steinchen in den Pool zu werfen. Phillip zögert. Er sieht zu Pegah, aber die starrt aufs Wasser, hängt ihren Gedanken nach.

PHILLIP
Wieso? Wir haben nur bewiesen, daß die Quoten technisch stimmen. Bei der Auswahl der Testfamilien bleibt genug Raum für Manipulation. Die werden auf ihre Konsumwilligkeit und ihre politische Einstellung abgeklopft, ich hab die Fragebögen selbst gesehen.

Kurzes Schweigen. Pegah denkt nach. Rainer läßt ein paar Steinchen im Pool verschwinden. Dann macht er eine wegwerfende Handbewegung.

RAINER *(tonlos)*
Drauf geschissen. Wen gibt's denn überhaupt noch zu retten? Wir sollten uns lieber ein Paar von jeder Tiersorte schnappen, ein großes Schiff bauen und abwarten.

Rainer und Phillip schweigen deprimiert. Doch Pegah wird immer unruhiger. Sie hat noch am meisten Energie von den dreien. Schließlich platzt es aus ihr heraus.

PEGAH
Nein. Wir machen was ganz anderes.

Rainer und Phillip sehen sie fragend an.

PEGAH
Wir schlagen sie mit ihren eigenen Waffen. Wir tauschen die Boxen aus und machen die Quote selbst.

Rainer sieht sie mit einer Mischung aus Faszination und Erstaunen an, schaut dann zu Phillip. Der zuckt die Schultern.

PHILLIP
Technisch möglich wär's …

Die drei gucken sich an. Rainer betrachtet sie fasziniert.

RAINER
Pegah aus Waldstätten.

Pegah lächelt ihn selbstbewußt an. Die beiden flirten ein bißchen.

**Pension, Rainers Zimmer**

Phillip zeichnet am Tisch auf einem Blatt Papier eine Skizze, Rainer und Pegah flankieren ihn.

PHILLIP
Wir müßten uns 5000 Boxen besorgen und einen GSM-Handyempfänger einbauen. Dann in die Haushalte gehen und die Boxen austauschen. Die Kisten würden dann nicht mehr auf die Fernsteuerung reagieren, sondern nur noch auf unser Signal übers Handynetz. Wie gesagt, technisch kein Problem, aber der Aufwand – ein Irrsinn …

Doch Pegah und Rainer haben längst Feuer gefangen.

PEGAH
Wieso? Wir müssen nicht alle 5500 Boxen manipulieren, 1000 reichen, damit hätten wir genug Kontrolle über die Quote!

RAINER
Völlig richtig!

PHILLIP
Trotzdem. Vorher müßten wir 'ne Bank überfallen …

## Rainers Penthouse

Möbelpacker tragen Möbel aus der Wohnung. Anna ist am Rande der Hysterie, redet auf den Mann ein, der die Möbel auf einer Liste abhakt. Als sie sieht, wie ein schöner alter Sessel auch dran ist, setzt sie sich einfach rein, läßt sich nicht mehr rausschmeißen, haut den Packern auf die Arme. Die Packer zucken die Achseln, nehmen sie hoch und stellen sie mitsamt Sessel in den Aufzug, drücken ein paar Knöpfe.

RAINER *(off)*
Ach was, das wär unser kleinstes Problem. Ich könnte meine Wohnung verkaufen und alles, was drin steht …

## Gebrauchtwagenhändler

RAINER *(off)*
… und natürlich mein Baby eintauschen.

Rainer und Pegah stehen mit dem Gebrauchtwagenhändler neben Rainers teurem Auto. Der Händler zählt 100-Euro-Scheine in Rainers Hand.

Schnitt. Rainer und Pegah fahren mit einem alten rostigen Opel runter von dem Hof des Gebrauchtwagenhändlers. Rainer schaut etwas unglücklich drein. Pegah grinst und tätschelt ihn.

## »Es muß sich nur mal wieder jemand trauen!«

Ein Gespräch mit
Moritz Bleibtreu und Hans Weingartner
über die Quotenzwänge, Idealismus
und den Geschmack einer Olive

*Zuerst eine Frage an den Regisseur: Wie dumm ist eigentlich Fernsehen?*

**Weingartner** Das kann man so pauschal nicht sagen. Aber die Qualität des Fernsehens hat auf jeden Fall in den letzten zwanzig Jahren extrem gelitten, das ist vollkommen klar. Da muß man nur mal ein Fernsehprogramm aus den Achtzigern aufschlagen und eines von heute. Es gibt zum Beispiel so gut wie keine Kultursendungen mehr. Es gibt keine anspruchsvollen Spielfilme mehr, die um 20:15 Uhr gesendet werden, die sich mit gesellschaftlichen Realitäten auseinandersetzen. Es gibt nur noch Heimatfilme, *Forsthaus Falkenau*, Rosamunde Pilcher und Volksmusik rauf und runter. Deswegen würde ich sagen, es ist vielleicht gar nicht so dumm, sondern es macht dumm.

*Wie dumm ist eigentlich das Publikum – was ist Henne und was ist Ei?*

**Bleibtreu** Ich denke, es ist so: Wir Menschen sind ja nun auch sehr, wie sagt man, gemütliche Wesen, und wenn man uns mit einer bestimmten Babynahrung füttert, sind wir geneigt, diese zu akzeptieren. Ich will jetzt nicht sagen, wenn man auf dem Sendeplatz von *Gute Zeiten, schlechte Zeiten* was anderes senden würde, würden sie es auch gucken, aber

ich würde zumindest gern mal sehen, was passiert, wenn man es probiert. Wenn es einem einfach gemacht wird, ist man auch geneigt, das anzunehmen, und das ist, glaube ich, die große Gefahr.

**Weingartner** Die Verbindung zwischen Stammhirn und dem Finger auf der Fernbedienung ist halt viel stärker als die Verbindung zwischen Frontalhirn und Bewußtsein und Fernbedienung, und genau damit arbeiten die meisten Fernsehmacher. Das Fernsehpublikum ist ja lang nicht so dumm, wie die denken, aber da es darum geht, eine möglichst breite Masse anzusprechen, richtet sich das Fernsehen prinzipiell nach dem beschränktesten Zuschauer und hofft darauf, daß die anderen auch angesprochen werden.

*Die Quote ist ja die Geißel des Fernsehens, alles wird mit der Quote gerechtfertigt, je mehr Leute zuschauen, je höher die Quote, desto höhere Werbeeinnahmen etc. Jetzt gibt es im Kino aber auch so etwas wie eine Quote, nämlich die Zu-*

*schauerzahlen. Das heißt, ihr müßt euch mit eurem fertigen Produkt dann genauso rechtfertigen.*

**Bleibtreu** Sicherlich. Uns ist durchaus bewußt, daß wir uns innerhalb dieser Maschinerie befinden und mit dem Film möglichst viele Leute – Millionen – ansprechen wollen, weltweit, es ist aber natürlich etwas anderes, weil die Herangehensweise eine andere ist. Wir sagen nicht, wir machen es mal allen möglichst leicht und lullen euch ein, sondern versuchen, inhaltlich etwas anzubieten, was die Leute wirklich interessiert. Wenn ich einen Kinofilm mache und ich sehe, da waren soundso viele Leute drin, dann weiß ich, die sind aufgestanden, haben ihre Freundin an der Hand genommen oder andersherum, haben bezahlt, haben sich hingesetzt und den Film geguckt. Und wenn sie ihn scheiße finden, müssen sie rausgehen. Das ist ein aktives Teilnehmen an einem Produkt, und es ist etwas ganz anderes, als wenn jemand mit der Fernbedienung vor dem Fernseher sitzt. Die Aufmerksamkeit ist eine andere. Wenn ich hingehe und sieben Euro für ein Ticket bezahle, dann will ich auch etwas bekommen für mein Geld, dann bin ich bereit, aktiv teilzunehmen an dem, was da passiert, wenn ich es dagegen einfach wegschalten kann, dann ist mir auch egal, mit welcher Intention das gemacht wird. Wenn es heißt, 250 000 Leute waren in dem Film, dann waren wirklich 250 000 Leute in diesem Film und haben ihn gesehen, mit ihrer ganzen Aufmerksamkeit, ähnlich wie beim Theater.

*Hans, deine Filme handeln ja von Idealisten und von Revolution, ist das im Fernsehen überhaupt möglich? Idealismus und Revolution?*

**Weingartner** Unbedingt, es muß sich nur mal wieder jemand trauen! Aber alle sind dermaßen hinter dieser Quote her, daß sie an überhaupt nichts anderes mehr denken können. Die beten das an wie irgendein Orakel und trauen sich nicht mehr, nach links und rechts zu schauen, mal was Neues zu probieren. Man bekommt denselben Mist wieder und wieder vorgesetzt, alles, was schon funktioniert hat, wird wiederholt. Es gibt kaum noch jemanden, der sich mal ein Experiment traut, so wie das in den Siebzigern und Achtzigern durchaus üblich war, als auch Fassbinder mal eine Serie machen durfte. Wenn man heute mit einem Programmchef redet, sagt er einem knallhart, es geht darum, das richtige Programm um die Werbespots herum anzubieten. Da gibt es eigene Marktforschungsinstitute, die herausfinden, welches Programm zu welchen Werbespots paßt. Dann werden die Werbespots programmiert und dann wird dazu der Inhalt geschaffen. Es ist kein Witz, es läuft genau so ab.

**Bleibtreu** So wie die Auswahl der Klamotten bei Satı von dem Farbball abhängt. Es heißt dann, ein ganz bestimmtes Grün darf nicht vorkommen, weil es nicht zum Konzept der Farbgebung paßt.

**Weingartner** Es gibt Agenturen, die sagen, vor diesem Werbespot für Duschgel brauche ich einen emotional möglichst flachen Inhalt. Es darf vorher niemand sterben, es darf vorher keinen Schußwechsel geben, es darf vorher auch keine emotional starke Szene geben, weil ich will, daß mein Werbespot emotional heraussticht. Und das ist genau der Grund dafür, warum um 20:15 Uhr nur noch diese seicht plätschernde Kaufhausmusik läuft – dann werde ich von der Musik, nicht vom Produkt abgelenkt. Das ist das Fernsehen der Gegenwart.

*Moritz, wie fühlt es sich eigentlich an, diesen Fernsehfuzzi zu spielen, den Produzenten, einen von diesen supertoughen Typen, die über Leichen gehen für die Quote? Du bist selber nicht so ein Mensch – wie machst du das?*

**Bleibtreu** Das ist mein Beruf, das – hoffentlich – zu können, wobei sich die Figur des Rainer ja auch durch eine ganz große innere Zerrissenheit auszeichnet. Ich bin mir sicher, daß selbst die abgefopptesten Jungs, die da oben sitzen und auf dick machen, mit zwanzig, einundzwanzig wirkliche Ideale gehabt haben, und genau darauf kommt es an! Es geht nicht darum, wie arschig die alle sind und wie scheiße das alles ist, sondern um den Entwurf einer Gegenutopie. Wir wollen zeigen, daß der Moment dafür nicht vorbei ist, daß man aktiv Dinge ändern kann, auch wenn man nicht mehr zwanzig ist, sondern vierzig oder fünfzig oder wie alt auch immer. Es gibt immer eine Möglichkeit, Dinge noch mal anders zu machen, noch mal anders zu betrachten, und darauf kommt es hauptsächlich an bei dieser Figur.

**Weingartner** Wir leben ja in einer Zeit, wo sich die Intelligentzija komplett von gesellschaftlichen Prozessen abgekoppelt und innerlich gekündigt hat. Ich stelle mir das so vor wie im alten Rom, Brot und Spiele, unten kämpfen die Gladiatoren und in der hintersten Reihe oder irgendwo in der Loge sitzen die Intellektuellen und sagen, *der Pöbel ist halt so, wir können nichts mehr dran ändern*, und schwenken ihre Cognacgläser. Diese Leute will ich auch erreichen und ihnen sagen: Hey, es geht noch was! Und deshalb ist *Free Rainer* ein Film gegen den Zynismus. Für mich gibt es nichts Schlimmeres als Zynismus und Selbstaufgabe, was dasselbe ist. Es geht darum, noch mal was zu versuchen.

**Bleibtreu** Es ist auch ein Film für Vielschichtigkeit, was ich sehr wichtig finde, denn Vielschichtigkeit ist anstrengend, Nachdenken ist anstrengend, sich mit Dingen auseinanderzusetzen ist anstrengend. Ich bin fest davon überzeugt, daß es Menschen gibt, die Dinge mitgestalten und womöglich ein Interesse daran haben, daß nicht zu viel nachgedacht wird, weil das Gefahren bergen könnte. Ich habe in einem Buch gelesen, daß große Fast-food-Ketten Wissenschaftler beschäftigen, die daran arbeiten, die verschiedenen Geschmacksrichtungen, bitter, süß, salzig und so weiter, möglichst komprimiert zu kombinieren, so daß ein Unigeschmack rauskommt, der mehr oder weniger jedem schmeckt. Deshalb kriegt man heute kein zehnjähriges Kind mehr dazu, Oliven zu essen, weil das völlig gegen dieses antrainierte Geschmacksverhalten geht. Das ist urschade, weil es so viele tolle Sachen gibt, und irgendwann bleibt einfach so ein komprimiertes Paket übrig, und dagegen wehrt sich dieser Film. Er ist für Vielschichtigkeit und gegen Einfachheit – dagegen, daß man Dinge einfach so hinnimmt und sagt, das ist jetzt halt so.

**Weingartner** Denn das ist für mich Leben, verstehst du? Der Geschmack einer Olive! Das ganze Leben Big Macs zu fressen, ist für mich gleichbedeutend mit Tod. Wenn ich immer nur das zu mir nehme, was mir McDonald's und das Fernsehprogramm anbieten, dann kommt diese innerliche Leere, und darum geht es mir. Ich möchte den Menschen zeigen, daß das nicht so sein muß.

*Der Moment, in dem Rainer klar wird, daß es anders gehen muß, ist ja auch eine Extremerfahrung: ein Mordanschlag, dann Visionen. Was heißt das für das Fernsehen? Man kann ja nicht jeden Zuschauer versuchen umzubringen, damit er dann Visionen hat. Wie also kann das Fernsehen wieder besser werden?*

**Weingartner** Die Verantwortlichen, die Chefs in den Sendern müssen umdenken, aber das werden die nicht freiwillig machen. Solange das ganze hundertprozentig kommerziell ausgerichtet ist, wird sich gar nichts ändern, das heißt, es muß ein Druck kommen aus der Gesellschaft, die Bevölkerung muß Druck auf die Politik machen, und die Politik muß Druck auf die Sender machen. Von selber wird sich gar nichts ändern.

**Bleibtreu** Wobei es nicht darum geht, eine bestimmte Art einfacher Unterhaltung zu verteufeln.

**Weingartner** Nein, darum geht es überhaupt nicht.

**Bleibtreu** Wir sind für einfache Unterhaltung. Wir sind nur auch für etwas anderes.

**Weingartner** Ich will ja nicht zurück in die Siebziger zu Bildungsfernsehen und irgendwelchen Leuten, die mir erzählen, wie ich die Welt zu sehen habe. Ich mache ja keine reinen Kunstfilme. Meine Filme sind durchaus unterhaltsam, ich habe nichts gegen Unterhaltung. In meinen Filmen gibt es auch mal eine Liebesgeschichte, und es ist spannend, aber ich versuche eben zugleich, die Leute im Kino zum Nachdenken zu bringen. Ich finde, in meinen ersten zwei Filmen ist das ganz gut gelungen. Und es gibt ja noch Fernsehformate, die das schaffen. Aber die guten Sachen werden halt immer mehr eingedampft.

*Wer sind die Helden unserer Zeit?*

**Weingartner** Brad Pitt und Paris Hilton und Angelina Jolie, wer sonst. Deren Ärsche sind wichtiger als alles andere, keiner stellt das überhaupt noch in Frage. Keiner schämt sich doch mehr dafür, irgend so ein beschissenes Societymagazin zu lesen, das ist vollkommen normal geworden. Ich kann mich erinnern, vor fünfzehn Jahren, als ich noch zur Schule gegangen bin, da haben wir uns über die Leute lustig gemacht, die *Bravo* gelesen haben.

**Bleibtreu** Und dann liest man, Herr Grass würde eine bestimmte Presseresonanz dazu nutzen, sein Buch zu verkaufen. *Moment mal, wie viele Millionen Bücher hat der Typ in seinem Leben verkauft?* Der Vorwurf ist so was von irre! Aber so was kann man den Menschen tatsächlich erzählen, und es gibt welche, die das glauben.

**Weingartner** Da geht ja überhaupt nicht mehr darum, was er in seinen Büchern schreibt. So wie in neunzig Prozent der Interviews, die ich führe. Ob ich eine Freundin habe oder nicht, so was werde ich gefragt. Ich würde viel lieber über meine Filme sprechen, aber es geht nur noch um Personality und Society und Donald Trump und Paris Hilton und wer jetzt gerade mit wem fickt.

**Bleibtreu** Diese Helden von heute, das sind Leute, mit denen man sich nicht auseinandersetzen muß, damit sind wir wieder beim Einfachen, das ist ein Riesenproblem. Ich denke, es gab mal Helden, mit denen man sich als Rezipient auseinandersetzen mußte, bei denen man dachte, *Moment mal, der ist vielschichtig, der sagt also das, aber zugleich sagt er auch das, interessant*. Aber vielen Leuten heute ist so was zu anstrengend. Je weniger Haltung jemand vertritt, je weniger inhaltliche Ansagen jemand macht, um so mehr wird er wahrgenommen, weil wir es so schön einfach finden.

**Weingartner** Dahinter steckt ein ganz einfaches Prinzip: Es geht darum, Leute mit Drogen zu versorgen. Sie kommen nach Hause, schalten den Fernseher ein, und es ist, als würden sie sich eine Nadel setzen. Der Zuschauer will sein Gehirn ausschalten und vier Stunden Ruhe von seinem chaotischen, stressigen Leben haben, und dementsprechend wird er auch vier Stunden versorgt, rundum. Nur daß er sich nach diesen vier Stunden betrogen und leer fühlt, daß er dann allein im Bett liegt und sich denkt, *scheiße, dieses Ehepaar mit den zwei glücklichen Kindern, die lieben sich total, und meine Ehe geht gerade den Bach runter, es muß an mir liegen*. Das ist doch die Message, die bei den Filmen immer rüberkommt: Die Welt ist cool, die Welt ist gut organisiert, alle sind glücklich außer dir, weil du es einfach nicht draufhast. Sei mal ein bißchen netter zu deinem Chef, dann behandelt er dich auch besser. Soziale Probleme kommen nicht mehr vor in diesen Filmen.

*Eine Frage zur HDV-Technologie. Wirkt sie befreiend beim Drehen, weil man nicht diese Metervorgabe hat und schneller produzieren kann?*

**Weingartner**: Erst einmal ist es gigantisch, daß die Rollen vierzig Minuten lang sind, nicht nur elf Minuten wie bei Film. Und von der Qualität her ist HD für mich gleichwertig mit 35mm, ich sehe da wirklich kaum noch einen Unterschied. Außerdem kann ich das Band laufen lassen, ich kann immer wieder improvisieren und experimentieren, weil das Filmmaterial nicht so teuer ist. Es gibt für mich kein besseres Medium zum Arbeiten, weil ich gerne ausprobiere und die Szene aus dem Dreh heraus entwickle.

*Gibt es auch den Schauspielern neue Freiheiten, wenn die ständigen Unterbrechungen und Bandwechsel wegfallen?*

**Bleibtreu** Ja, absolut. Ich drehe zum erstenmal auf HD, und der Drehablauf ist gar nicht zu vergleichen. Wenn die Rolle elf Minuten hat, läufst du nach jedem dritten Take aus, dann mußt du wieder umlegen, das dauert alles endlos. Mit HD kann man wirklich spontan reagieren, das ist der Zeit, in der wir leben, sehr angemessen. Wenn man sich den alten Hollywoodkram anguckt, wo es darum ging, daß eine Faye Dunaway fünfeinhalb Stunden in der Maske verbringt, um dann einmal den Gang langzugehen – so werden Filme heutzutage einfach nicht mehr gemacht. Die Wertigkeiten sind auch ganz andere. Und für das, was wir machen – Hans dreht ja auf eine Art sehr dokumentarisch –, ist es natürlich Gold wert.

**Weingartner** Wobei ich nichts dagegen hab, wenn jemand seine Filme traditionell produziert, es muß jeder seine

Filmsprache finden. Wenn jemand wirklich Wert auf die perfekten Bilder und das perfekte Licht legt, wenn er so seine Inhalte transportiert, stört mich das nicht. Ich selber bin eben jemand, der dieses dokumentarische und konkrete und schnelle Arbeiten braucht, weil ich während des Drehs die Energie halten will.

*Heißt das auch, daß du mit deiner Arbeitsweise, mit dieser Schnelligkeit, dem Fernsehen schon viel näher bist als am Kino?*

**Weingartner** So schnell sind wir dann auch wieder nicht. Wir haben gestern vier Minuten Film gedreht in 26 Einstellungen, das könntest du beim Fernsehen einfach nicht machen. Wenn du heute einen Fernsehfilm drehst, hast du 21 Drehtage, wir haben 46 – das hat wirklich überhaupt nichts miteinander zu tun.

**Bleibtreu** Und nur, weil man die Kamera laufen lassen kann, heißt das noch nicht, daß auf den vierzig Minuten auch vierzig Minuten drauf sind, die geil sind. Aber grundsätzlich denke ich, es hat wirklich etwas mit Zeitgeschehen zu tun, damit, wo das Kino inzwischen steht. Es kann heute nicht mehr darum gehen, daß Faye Dunaway drei Minuten den Gang runtergeht, vor allem nicht, wenn man die Leute erreichen will. Alles ist schneller geworden, es ist wilder und krasser geworden, und das spiegelt dieses Arbeiten mit diesem Material wider. Man kann auf eine Art improvisieren und wild sein, wie es auf 35 mm einfach nicht möglich ist.

**Weingartner** Für mich ist das ein wenig anders. Ich liebe den Moment, ich liebe Zufälle, das ist für mich Leben, und das kann ich nur mit diesem Medium einfangen. Wenn ich etwas sehe, wenn jemand gerade vorbeiläuft, und ich will den in meinen Film einbauen, dann kann ich nicht eine halbe Stunde ausleuchten, dann möchte ich mit der Kamera hingehen und drehen, das geht nicht mit riesiger Technik und einer Hundert-Mann-Crew. Damit lehne ich mich an an die Nouvelle Vague an und vor allem an John Cassavetes, der ja vor dreißig Jahren schon genauso gedreht hat. *Dogma* ist keine neue Erfindung, das hat Cassavetes damals mit 16-mm-Kameras gemacht. Der Arme mußte immer drei, vier Jahre sparen, bis er wieder einen Film drehen konnte, würde der heute leben, könnte der einen Film nach dem anderen drehen, das gäbe die totale Explosion von Kreativität.

**Bleibtreu** Es ist ein bißchen so wie in *Hearts of Darkness*, dieser berühmtem Dokumentation zu *Apocalypse Now*, in der Coppola am Ende sagt, irgendwann wird ein kleines dickes Mächen aus Iowa mit einer Videokamera kommen und den größten Film aller Zeiten drehen. Und irgendwann ist es wirklich wahr. Dieses Medium bietet Leuten die Möglichkeit, Filme zu machen, die nie daran gedacht haben. Es ist greifbar geworden: Man nimmt eine Kamera, man dreht eine Szene, und vielleicht hat man einen geilen Kurzfilm gemacht. Das sei gleichzeitig als ein Aufruf an alle verstanden, die eine Videokamera zu Hause haben: Dreht Filme!

**Weingartner** Das Tolle ist ja, daß diese Filme tatsächlich entstehen, das Schlimme ist, daß sie kaum einer sehen kann, weil sie im Fernsehen nicht stattfinden. Der Film des Mädchens mit der Videokamera aus Iowa wird nicht gesendet. Es gibt großartige Filme in Deutschland, solche wie *Netto* mit Milan Peschel, ein Wahnsinnsfilm, der genauso gedreht wurde, ohne Geld, Dogmastil. Und wie viele Leute haben den gesehen? Vielleicht 30 000? Das meine ich mit geistigem Verfall.

**Bleibtreu** Wobei die Dogma-Filme sich durchgesetzt haben, und zwar durch Quantität, was wiederum das Material ermöglicht. Die Jungs haben sich getroffen, drei Tage später war der Film fertig. Indem sie so viele Filme auf die Leinwände gebracht haben, wurde das dänische Publikum irgendwann aufmerksam, und heute rücken sie jeden großen Hollywoodfilm nach hinten.

**Weingartner** Ja, das stimmt. Es gibt natürlich immer wieder die großartigen Ausnahmen. Ich hatte da auch bei *Das weiße Rauschen* damals das große Glück, daß der von relativ vielen Leuten im Kino gesehen wurde.

**Bleibtreu** Das hat etwas mit Gewohnheit zu tun. Vor zwanzig Jahren zum Beispiel liefen keine deutschen Kinofilme in Deutschland. Als dann einer kam, war das für die Leute ein Schock, die kannten nur amerikanisches Kino. Und je normaler das wird, um so eher sind Leute geneigt, sich das anzuschauen, das sieht man auch an den Zuschauerzahlen. Es ging los mit dem Comedy-Boom, Katja Riemann, *Männerpension*, *Knockin' on Heaven's Door*, dann wurde das auf einmal langweilig, und die Leute fingen an, sich für Themen zu interessieren. Dann kommt ein Film wie *Das weiße Rauschen* und *bumm* – die Leute rennen rein.

**Weingartner** *Good bye Lenin!*, *Die fetten Jahre sind vorbei*, *Gegen die Wand …*

**Bleibtreu** Genau diese Filme hätten nicht stattfinden können, wenn es die früheren nicht gegeben hätte. Man muß sie weiter zuballern damit. Die Gewohnheit ist wirklich wichtig, so funktioniert ja auch Fernsehen, auf seine Art.

**Weingartner** Die Leute kommen auf den Geschmack und merken plötzlich, hey, Wahnsinn, dieser Film hat mich ja richtig geistig bereichert, ich fühle mich richtig erfrischt, vielleicht sollte ich mir noch mal so einen Film angucken und nicht den mit Jennifer Aniston und Vince Vaughn.

*Das Gespräch wurde am 26. August 2006 in Wien geführt.*
*Fragen: Florian Gebauer*

## Vor dem Arbeitsamt

PHILLIP *(off)*
Aber wo willst du so schnell Leute herkriegen, die in die Häuser gehen und 1000 Meßgeräte austauschen??

PEGAH *(off)*
Bei 6 Millionen Arbeitslosen?

Wir sehen Rainer und Pegah vor dem Arbeitsamt einzelne Leute ansprechen.

***

**Pension**

RAINER
Euer Arbeitgeber ist die IMA. Ihr kommt, um eine neue Version der Box zu installieren. Sagt, daß sie bei der IMA anrufen sollen, wenn sie es genau wissen wollen. Aber vergeßt auf gar keinen Fall, ihnen die neue Notfallnummer einzubläuen, sonst landen die wirklich bei der IMA.

Die Kamera fährt nacheinander die Gesichter der Männer ab. Die wirken skeptisch. Pegah indessen ist live dabei, wirkt begeistert.

RAINER
Unterschichtenfernsehen. Ihr könnt jetzt den Leuten, für die ihr nichts als Müll seid und die alles dafür tun, damit ihr selber euch auch so fühlt, richtig in den Arsch treten.

Das klingt schon besser. Die ersten grinsen. Pegah ist stolz auf Rainer.

Rainer zeigt auf einen der Fernseher.

RAINER
Und hier liegt der Schlüssel dazu.

Die Arbeitslosen scheinen sich noch nicht sicher zu sein, ob sie es ernst nehmen sollen, und lachen unsicher.

***

## Testseher-Haushalt

Ein mit Nippes überladenes, gutbürgerliches Wohnzimmer. Grellgeblümte Couch, Couchtisch in Gold mit Glasplatte. Darauf herzförmige Fotos der Familie. In der großen Regalkombination läuft gerade eine Gerichtsshow über Eifersucht und Salzsäure im Gesicht. Rainer kniet im Blaumann neben dem Fernseher. Die 30jährige Hausfrau wirkt sehr altbacken. Sie starrt kritisch auf den Bildschirm mit der Gerichtsshow. Im Flur spielt ein Kind mit Spielsachen, die quietschende Geräusche machen.

HAUSFRAU *(nach hinten zu ihrem Kind)*
Mach das Ding leise, sonst setzt es was! *(zu Rainer)* Das kommt alles davon, daß wir keine Todesstrafe haben. Das deutsche Rechtssystem ist viel zu lasch.

Rainer macht ein gequältes Gesicht und beginnt, den neuen Kasten anzubringen.

RAINER *(knurrend, zu sich selbst)*
Die Gesetze müßten viel früher greifen.

Das Spielzeug des Kindes fiept laut. Die Mutter stürmt zu dem Kind, ohrfeigt es rechts und links. Das Kind fängt an zu heulen. Die Mutter wendet sich außer Atem an Rainer.

HAUSFRAU
Die sollten mal den Günther Jauch an die Regierung lassen! Der wüßte, wie man unsere Probleme löst!

***

## Pension, Computerzentrale, Wochen später

Die komplette Runde hat aus Stühlen einen Kreis gebildet und sitzt schweigend da. Rainer, Phillip, Pegah, alle Arbeitslosen.

RAINER
Tja, das war's dann wohl, Leute. Wir sind pleite.

Die Arbeiter werfen sich verstohlene Blicke zu. Sie scheinen etwas ausgeheckt zu haben.

GOPAL
Rainer … Wir haben uns was überlegt.

Rainer hebt nur eine Augenbraue.

GOPAL
Wir machen weiter, ohne Bezahlung.

HARRY
Aber wir gehen nicht mehr in die Häuser.

BERND
Die Daten werden doch übers Telefon an die IMA geleitet … wir gehen über die Telefonleitungen rein. Dann müssen wir nicht in die Häuser.

Bernd läuft ein wenig rot an wegen all der Aufmerksamkeit, spricht dann aber tapfer weiter.

BERND *(sicherer)*
Ich war zwanzig Jahre bei der Telekom. Die Telefonverteilerkästen stehen vor jedem Haus auf der Straße. Die kann man mit 'nem einfachen Vierkantschlüssel aufmachen. Sieben, acht am Tag schaffen wir locker.

Rainer sieht ihn zweifelnd an. Dann guckt er fragend zu Phillip.

Phillip geht kommentarlos nach vorn zu einer Flipchart-Tafel und zeichnet eine Skizze.

PHILLIP
'ne Rufumleitung vom jeweiligen Haushalt hier in unsere Computer. Wir manipulieren die Daten und schicken sie wieder zurück. Die IMA merkt davon nix, außer 'ner minimalen Verzögerung von höchstens fünf Millisekunden.

Die Männer wirken enthusiastisch. Fehlt nur noch Rainer. Der freut sich, ist richtig gerührt. Alle warten jetzt gespannt auf seine Reaktion.

RAINER
Hmmm ... *(Pause)* ... einen Versuch ist es wert.

Dann grinst er, mit Tränen in den Augen. Großer Jubel, Klatschen setzt ein. Die Männer geben sich High-Five. Sebastian ballt die Faust in der Luft, gar nicht kirchentypisch.

SEBASTIAN
Ja, Mann!! Zeigen wir's ihnen!!

Pegah fällt Rainer um den Hals. Beide strahlen. Karl-Heinz klopft ihm auf die Schulter.

***

### Pension, Computerlabor

Phillipp sitzt vor dem Rechner. Der Rest der Mannschaft hat sich rund um ihn versammelt. Rainer, Pegah, einige der Arbeitslosen sehen gespannt auf den Monitor.

PHILLIP
Also. Das hier sind die Livequoten.

Er zeigt auf einige farbige Balken, unter denen die Titel der Sendungen stehen. Die Balken tragen die Namen der TV-Sender.

PHILLIP
Mit fünfhundert Haushalten können wir nur einen Sender beeinflussen. Mehr geht noch nicht.

ARBEITSLOSE
Immerhin! Los!

PHILLIP
Okay. Welchen Sender nehmen wir?

Karl-Heinz schaut Rainer an.

KARL-HEINZ
TTS, Rainer – oder?

Zustimmende Laute und Kommentare aus der Runde.

PHILLIP
Okay. Bereit?

ARBEITSLOSE
Ja! Mach schon! Los!

PHILLIP
Ruhe bitte.

Die Meute beruhigt sich.

Phillips Finger senkt sich langsam auf den Enter-Knopf. Er drückt ihn.

Der Balken mit der TTS-Quote bleibt zuerst gleich. Dann bewegt sie sich langsam, dann schneller, fällt schließlich auf 15 %.

Großer Jubel.

ARBEITSLOSE
Phillip, du bist ein Genie!

Phillip wehrt die Belobigungen gestikulierend ab, kann seinen Stolz aber nicht verbergen.

PHILLIP
Aber wir brauchen noch mehr Haushalte. Mindestens tausend. Erst dann haben wir volle Kontrolle!

ARBEITSLOSE
Kein Problem, Phillip! Machen wir!

Rainer strahlt, alle freuen sich. Pegah tätschelt Phillip.

***

## Vor einem Verteilerkasten

Rainer erklärt Phillip gerade was.

RAINER
Schau, das läuft so. Wir hatten diese Daily Soap. Schwachsinnige Story, schlechte Schauspieler, das Billigste vom Billigsten. Am Anfang waren die Quoten beschissen. Die Leuten haben gesagt, was'n das für ein Dreck. Aber wir haben sie gesendet, jeden Tag, gnadenlos, ein halbes Jahr lang. Und plötzlich waren die Leute verrückt danach!

PHILLIP
Wieso denn das?

RAINER
Weil wir sie daran *gewöhnt* haben. Gewohnheit ist die stärkste Macht der Erde, Mann. Du zeigst den Leuten so lange Dreck, bis sie nur noch Dreck sehen wollen. So läuft das heute im Fernsehen. Und jetzt drehen wir den Spieß um.

Phillip guckt fragend.

RAINER
Wir zeigen den Leuten so lange gute Sachen, bis sie nur noch gute Sachen sehen wollen.

Phillip wirkt kritisch.

PHILLIP
Ob das so einfach funktioniert.

Sie steigen ins Auto. Rainer holt eine Programmzeitschrift raus.

RAINER
Das klappt schon. Also. Ich hab mir da ein Konzept überlegt. Drei Säulen. Kultur. Information. Filme. Aber nicht mehr so viele Blockbuster.

PHILLIP
Klingt ein bißchen elitär.

RAINER
Muß es nicht sein. Und mit der Zeit wird's sowieso keine Bildungselite mehr geben. Verstehst du, wir … verschaffen den Massen wieder Zugang zu Wissen und Bildung und dadurch gesellschaftliche Mitbestimmung. Fernsehen als Demokratieförderer statt -zerstörer.

PHILLIP
Aber Wissen kann ich mir doch auch aus'm Internet holen.

RAINER
Ahhh, nee, nicht wirklich. Zuviel Chaos, zuviel Junk. Das Vorhandensein der Information ist nicht das Problem, es geht um die Aufbereitung. Wissen aufbereiten, Ausschnitte der Wirklichkeit sichtbar machen, darum geht's, das war immer mein Traum vom Fernsehen, mit dem bin ich ursprünglich angetreten.

## Wußten Sie eigentlich, daß …

Eine kleine Faktensammlung
zum Fernsehkonsum in Deutschland

... bereits Kinder von 3 bis 5 Jahren im Schnitt 73 Minuten vor dem Fernseher verbringen?[1]

... 70% der Kinder zwischen 6 und 13 Jahren sich nicht vorstellen können, auf ihren Fernseher zu verzichten, wohingegen nur 5% nicht auf ihre Bücher verzichten wollen?[2]

... 31% der Kinder zwischen 6 und 13 Jahren lieber vor dem TV-Gerät sitzen, als etwas mit ihren Freunden zu unternehmen?[3]

... Erwachsene ab 14 Jahren im letzten Jahr durchschnittlich 3 Stunden und 32 Minuten täglich ferngesehen haben, wohingegen es 1990 nur 2 Stunden und 27 Minuten waren?[4]

... 89% der deutschen Bevölkerung ab 14 Jahren mit dem Fernseher erreicht werden, wohingegen nur 51% sich in einer Tageszeitung informieren?[5]

... 22% der Gesamtbevölkerung ab 14 Jahren fernsehen, um sich nicht allein zu fühlen?[6]

... die Altersgruppe von 60 bis 69 Jahren durchschnittlich 4 Stunden und 42 Minuten am Tag fernsieht?[7]

... das Erste Deutsche Fernsehen am 6. Oktober 1975 zwischen der *Sesamstraße* um 9.30 Uhr und der *Tagesschau* um

16.30 Uhr noch eine Programmpause von sechseinhalb Stunden einlegte und das Programm um 22.30 Uhr mit der Tagesschau beendete wurde, womit der größte Teil des Tages fernsehfrei war? [8]

... 89,67% der Bevölkerung einen Fernseher zu Hause stehen haben?[9]

... 5640 Haushalte mit knapp 13 000 Personen das Fernsehverhalten von 35,02 Mio. deutschen Fernsehhaushalten bzw. 73,53 Mio. Personen repräsentieren?[10]

... 1975 nur 9 deutschsprachige Fernsehprogramme inklusive der beiden DDR-Programme in der BRD zu empfangen waren?[11]

... sich diese Zahl bis 1985 auf 11 deutschsprachige Fernsehprogramme erhöht hatte?[12]

... es 1995 bereits 31 Programme waren?[13]

... sich die Anzahl bis 2005 auf 107 Programme erhöhte?[14]

... es 2006 eine weitere Steigerung auf 143 Programme gab?[15]

... die Nachrichtensendung RTL aktuell am 19. August 2007 die Tatsache, daß arabische Touristen München als Einkaufsparadies entdeckt haben, wichtiger fand als die Parlamentswahlen in Kasachstan, einen Anschlag im Irak oder eine Polizeiaktion gegen radikale Muslime in Ägypten?[16]

*Zusammengestellt von Bettina Schuler mit freundlicher Unterstützung von Markus Ehrenberg*

## Anmerkungen

1 Grunddaten Kinder und Medien 2006. Internationales Zentralinstitut für das Jugend- und Bildungsfernsehen (IZI).

2 Ebd.

3 KIM-Studie 2006: Kinder+Medien, Computer+Internet. Medienpädagogischer Forschungsbund Südwest.

4 AGF/GfK Fernsehforschung, BRD Gesamt, vorläufig gewichtet, Berichtsbasis: Fernsehpanel D+EU, Stand: 21. August 2007.

5 Ridder, Christa-Maria/Engel, Bernhard: Massenkommunikation 2005. Images und Funktion der Massenmedien im Vergleich. In: Media Perspektive 9/2005, S. 426.

6 Ebd., S. 428.

7 Grunddaten Kinder und Medien 2006.

8 HÖRZU, 1. bis 10. Oktober 1975.

9 AGF/GfK Fernsehforschung, BRD Gesamt, vorläufig gewichtet, Berichtsbasis: Fernsehpanel D+EU, Stand: 21. August 2007.

10 Ebd.

11 HÖRZU, 1. bis 10. Oktober 1975.

12 Hörmann, Stefanie Katharina: Die Angleichung öffentlich-rechtlicher und privater Nachrichten unter den Mechanismen des journalistischen Feldes am Beispiel ausgewählter Hauptnachrichtensendungen im deutschen Fernsehen, S. 100.

13 Ebd.

14 Kommission zur Ermittlung der Konzentration im Medienbereich: Programmliste 2005, S. 2-4.

15 Ebd., S. 3-5

16 RTL aktuell und Tagesschau vom 19. August 2007

## Pension

Die Zahl der befreiten Haushalte ist explodiert: 659. Alle drei und die Langzeitarbeitslosen haben alle Hände voll zu tun, die Quoten umzuverteilen.
Phillip sitzt am Computer, empfängt Anweisungen von Rainer und Pegah, die auf dem Boden sitzen und Berge von Fernsehzeitungen sichten. Auf einer Seite liegen die Zeitungen mit den schon angestrichenen Sendungen. Auf dem Boden stehen auch noch diverse Steine vom Baumarkt, auf denen fünf mittelgroße Billigfernseher stehen. Auf jedem läuft ein anderer Kanal.

RAINER
Doku über das alte Ägypten. WRD3, 15:45 Uhr.

Phillip gibt die Daten ein.

PHILLIP
Doku, altes Ägypten, WRD3, 15:45 Uhr … wie viele?

RAINER
Weiß nicht. Mach mal so … zweihundertfünfzigtausend.

Phillip gibt es ein. Sofort schnellt die Quote bei WRD3 von 1,23% auf 6,76%. Phillip grinst.

PHILLIP
O.k., weiter!

PEGAH
0,0% Zuschauer für *Deutschland sucht den Supersänger*.

RAINER
Das ist zu auffällig … sagen wir erstmal 3%, aber stufenweise, o.k.?

Phillip gibt es ein. Die Quote bröckelt langsam ein. Die Crew grinst zufrieden.

PHILLIP
Endlich Schluß mit dem Contest-Terror!

Pegah ist Feuer und Flamme.

PEGAH
Doku über rechte Gewalt. 10,43 %.

RAINER
Right on. Nieder mit den Faschos.

PHILLIP
*Six Feet Under*. 12%.

PEGAH
Sechs Füße drunter?

PHILLIP
Vertrau mir.

RAINER
Hier! Die *Titanic Show*! Runter damit! 0,0!

Phillip besänftigt ihn.

PHILLIP
Ruhig, Brauner. Ich fahr die Quote auf die Hälfte runter, in zehn Schritten, mehr kann ich im Augenblick nicht für dich tun.

RAINER *(spaßhaft)*
Was!?? In jeder Sekunde sterben Milliarden von Gehirnzellen wegen dem Scheiß, und du willst nur auf die Hälfte runter??!

Sie lachen.

PEGAH
*Angst essen Seele auf*, das klingt doch gut, oder!

RAINER
Fassbinder! Hoch damit. 8%.

Phillip gibt es ein.

PHILLIP
Kommt irgendwo was über Schach?

PEGAH
Schach? Find ich gut!

PEGAH
Hier! Sumo-Ringen!

RAINER
Sumo-Ringen? Geht's noch?

PEGAH
Mann, das is 'ne jahrtausendealte Tradition!

RAINER
Zwei fette Männer rennen aufeinander zu, einer fällt um …

Karl-Heinz ergreift Pegahs Partei.

KARL-HEINZ
Quatsch, die trainieren hart! Bin auch dafür! Quote hoch! 12%!

Rainer und Phillip zwinkern sich zu.

RAINER *(heimlich)*
8%.

Phillip nickt. Pegah geht dazwischen.

PEGAH
Nix da! 12 %.

PHILLIP
Okay, von mir aus.

Karl-Heinz und Pegah geben sich High-Five. Und so weiter und so fort.

Shot auf: Zahl der befreiten Haushalte. Die Zahl beginnt nach oben zu laufen, in Richtung 1000.

***

## Fernsehsender

Auf dem Flur von Rainers ehemaligem Sender herrscht reges Treiben. Hektisch verschwinden ein paar von ihnen zu einer eilig einberufenen Konferenz.
Am Kopfende des Konferenztisches sitzt ein ziemlich brauner Maiwald, der aussieht wie kurz vor der Explosion. Die Mitarbeiter laufen mehr oder weniger geduckt zu ihren Plätzen. Eine junge Frau neben ihm lächelt Maiwald unterwürfig an.

FRAU
Und? Wie war's so auf Madagaskar?

MAIWALD
Klappe halten!

Er wartet, bis alles ruhig ist. Dann hebt er mit grollender Stimme an.

MAIWALD
Heute morgen. Hab ich bei unserem schärfsten Konkurrenten sat4 drei neue Formate entdeckt, die sich um Hirnforschung, Politikskandale und deutsche Geschichte im Altertum drehen. *Drei*!! Warum zum Teufel hab ich noch keine zwanzig Konzepte hier liegen?

Er hebt erbost eine Seite hoch, läßt sie wieder fallen.

MAIWALD
Was ich habe, ist eine mickrige Seite über *Musicals*!! Musicals!! Wer von euch hatte so eine beschissene Erziehung, daß bei ihm Musical unter Kultur läuft??

Totenstille. Maiwald regt sich ab. Ein glatt wirkender Kreativling mit Hornbrille meldet sich zaghaft zu Wort.

KREATIVLING 1
Du hattest doch gesagt, wir solln's langsam angehen lassen, vorerst …

MAIWALD
Aber doch nicht drei Tage lang!! Die Leute da draußen drehen durch, Gott weiß, warum!! Habt ihr euch mal angeguckt, wie wir in letzter Zeit dastehn, Herrschaften?

KREATIVLING 2
Aber … was soll'n wir denn jetzt machen?

Die Kreativlinge gucken hilflos, ängstlich, ohne Leitfaden.

MAIWALD
Was Intelligentes!! Ihr sollt was Intelligentes machen! Ihr habt doch alle studiert! Ihr habt's doch gehört! Hirnforschung! Deutsche Kaiser! Buddhismus und Friedrich Nietzsche im Direktvergleich! Was weiß ich!!

Keiner wagt es mehr zu mucksen. Maiwald wirft seinen Kugelschreiber auf die Tischplatte, stöhnt in sich rein.

MAIWALD
Holt mir einfach irgend jemanden, der nicht seit zehn Jahren kokst.

***

## Pension

Phillip sitzt am Computer, gibt die Daten ein. Rainer, Pegah und Gopal sichten Fernsehzeitungen, kontrollieren das Fernsehprogramm auf den Bildschirmen. Phillip räuspert sich bedeutungsvoll.

PHILLIP
Was ist mit den Öffentlich-Rechtlichen? Sollen wir denen nicht mal so was wie 'ne prinzipielle Quote einrichten?

RAINER *(heftig)*
Auf keinen Fall!! Die sind so runtergekommen, die verstehen unter Bildungsauftrag *Adel verpflichtet* und Caroline Reiber. Die rechtfertigen ihre Gebühren mit ihrer Volksmusikhölle! Und ansonsten biedern sie sich genauso beim Publikum an wie die Privaten. Keine falsche Sentimentalität für die Staatlichen!

PHILLIP
Aber …

RAINER *(ironisch)*
Die sind schuld daran, was aus mir geworden ist! Als ganz junges Fernseharschloch hab ich mal ein Praktikum bei RAD gemacht. Journalismus war damals schon verboten.

Dafür hatten die Senderchefs ein ganz dickes Verhältnis zu den Politikern. Nein, keine Extrawurst.

PHILLIP
Wie du meinst.

An der Wand steht die Zahl der befreiten Haushalte: 1669.

## Jürgen Bertram

# »Prinz Charles zupft sich oft am Ärmel«

### Wie das öffentlich-rechtliche Fernsehen seinen Geist aufgab

Rolf Seelmann-Eggebert ist das, was man einen Gentleman nennt: dezente Kleidung, distinguierter Gestus, gepflegte Sprache, der Handkuß gehaucht, nicht appliziert. Das Hamburger Bürgertum schätzt seine Abende der Hausmusik und sein humanitäres Engagement. Afrika gilt es vor allem, dem darbenden Kontinent, über den er einst, von Kollegen wie Kritikern geschätzt, als Korrespondent der ARD berichtete. Auch in London, das zu ihm paßt wie keine andere Metropole, hat er viele Jahre als TV-Journalist gearbeitet. Zwar mischte sich zunehmend ein leichtes Näseln in seinen Duktus, doch überwog die Substanz seiner Beiträge diesen Anflug von Blasiertheit.

Wenn Rolf Seelmann-Eggebert allerdings heute im Fernsehen seinen Mund aufmacht, packt selbst manchen seiner Freunde das helle Entsetzen. Dann fallen Sätze wie dieser: »Prinz Charles kann mit Regen umgehen.« Oder: »Wir würden uns, glaube ich, alle sicher freuen, wenn es gelänge, die Braut trockenen Fußes zur Kirche zu bringen.« Und: »Limousinen … was dies zu sagen hat, weiß ich nicht, zumal sie leer sind.«

Der Hanseat mit den feinen Manieren und der universellen Bildung, der seinem Heimatsender, dem Norddeutschen Rundfunk, auch schon als Programmdirektor diente, ist aus dem seriösen Fach auf den Boulevard gewechselt und gilt mittlerweile als der Hof-Berichterstatter der Nation. »Unser Mann für Königs« tituliert ihn, mit entlarvendem Stolz, die

NDR-Hauspostille. »Dieses Einstecktüchlein von einem Journalisten«, nennt ihn *DIE ZEIT*.

Dabei wäre Trauer angemessener als Häme. Schließlich ist die berufliche Metamorphose, die sich hinter dem grauen Gemäuer der NDR-Fernsehzentrale in Hamburg-Lokstedt vollzog, symptomatisch für den Niedergang eines ganzen Systems. Als sei es von dem Trieb besessen, sich als publizistische Maßstäbe setzende Institution abzuschaffen, watet das öffentlich-rechtliche Programm zunehmend im Seichten, statt die Mühen des Tiefgangs auf sich zu nehmen. Die gesellschaftliche Dimension des Vorgangs wird deutlich, wenn man sich die Ursprünge und die Aufgaben des gebührenfinanzierten Fernsehens vor Augen führt.

Es sind die alliierten Siegermächte, die dieses System nach dem Zweiten Weltkrieg installieren. Ihre zunächst auf das Radio begrenzte Intention: Ein Medium, das praktisch in jeden Haushalt strahlt, soll in erster Linie aufklären und nicht berieseln, also dazu beitragen, daß aus Untertanen mündige Bürger werden. Was dies für die Informationssendungen bedeutet, gibt ein Konzept für die von den Amerikanern betreuten Sender vor. Der Rundfunk, heißt es darin, »wird sich nicht den Wünschen irgendeiner Partei, irgendeines Glaubens oder irgendeines Bekenntnisses unterordnen. Er wird weder direkt noch indirekt eine Schachfigur der Regierung.«

Für eine andere wichtige Sparte postuliert der erste deutsche Generaldirektor des Pioniersenders NWDR, Adolf Grimme: »Es gibt auch kultivierte Unterhaltung, und leicht braucht nicht seicht zu heißen. [...] Es wird dieser Wille zum Niveau nicht stets den Majoritätsgeschmack auf seiner Seite haben. Der Rundfunk darf deshalb nicht der verführerischen Jagd nach Popularität verfallen. Wer gewillt ist, das

Beste im Menschen anzusprechen, muß nun einmal zugleich den Mut zur Unpopularität haben.«
Das Seriositätsgebot, das aus fast jedem Satz der vor sechs Jahrzehnten verankerten Statuten spricht, hat bis heute Gültigkeit. »Ziel aller Informationssendungen ist es«, so der aktuelle NDR-Staatsvertrag, »sachlich und umfassend zu unterrichten und damit zur selbständigen Urteilsbildung der Bürger und Bürgerinnen beizutragen«. Das ist eine Verpflichtung zur Aufklärung.
Die »Leitlinien für die Programmgestaltung der ARD 2005/2006« verkünden: »Die ARD verpflichtet sich, an der Produktion vielfältiger und kultivierter Unterhaltung als Teil ihres Programmauftrags festzuhalten. Die ARD wird ihre journalistischen, ethischen und produktionstechnischen Standards auch in Zukunft auf alle Unterhaltungsformate anwenden.« Das gleicht einem Schwur auf die Qualität.
Wer auf dem Papier so dezidiert zu seiner Tradition steht, provoziert den Praxistest. Daß er, gemessen an Begriffen wie »ethisch«, verheerend ausfällt, liegt an zwei programmatischen Weichenstellungen: der Einführung des politischen Proporzes und der Fixierung auf die Einschaltquote.

Der Proporz, also die Ausrichtung von Gremien und Programmen nach der Stärke und den Vorstellungen der Parteien, bricht sich in den Anstalten schon unmittelbar nach dem Rückzug der auf einen unabhängigen Rundfunk bedachten Alliierten Bahn. Die bis heute virulenten Folgen: Zentrale Funktionen werden von Figuren ausgeübt, denen es an Passion und Phantasie, Neugier und Flexibilität mangelt, den wichtigsten Kriterien gerade des Fernsehgewerbes. Die Analyse von Interessen und die Kontrolle von Macht, die zu den Tugenden des kritischen Journalismus gehören, stoßen ausgerechnet bei den Parteien und den Regenten an ihre Grenzen.

Die bisweilen mathematisch genaue Austarierung des Einflusses führt dazu, daß Positionen doppelt besetzt werden. Der daraus resultierende Wasserkopf fördert das Phlegma. In das Vakuum, das der Mangel an Kreativität hinterläßt, stoßen Bürokratie und Technokratie, tödliche Gifte für einen Betrieb, der vor Vitalität vibrieren müßte. Aus einer Mischung aus Anpassung und Anmaßung mendelt sich eine spezifische öffentlich-rechtliche Mentalität heraus. Nicht alle Mitarbeiter werden davon infiziert, aber zu viele. Zudem nistet sich in der Beletage der Anstalten ein Zynismus ein, der sich gegenüber den Kunden eines dem Gemeinwohl verpflichteten Unternehmens eigentlich verbietet.

Als Prototyp des parteitreuen Redaktionsfunktionärs gilt der TV-Journalist Wolf Feller, der es beim Bayerischen Rundfunk bis zum Chefredakteur und Fernsehdirektor bringt. Als er bei der Münchner Anstalt Mitte der siebziger Jahre die Sendung »Das aktuelle Studio« im Dritten Programm koordiniert, wendet er sich bei der Suche nach geeigneten Stoffen direkt an die CSU-Landesregierung, an eine Institution also, zu der er als Journalist eigentlich strikt Distanz halten müßte. Seinem damaligen Vorgesetzten teilt er schriftlich mit, »daß ich mehrere Gespräche mit dem persönlichen Referenten des bayerischen Kultusministers hatte. Ich habe […] dabei gebeten, mir Themen zu nennen, die derzeit im Hinblick auf die bayerische Kulturpolitik interessant und relevant sind.«

Als der Referent nicht spurt, weil er womöglich mehr Skrupel hat als der Reporter, versucht es Feller ganz oben – diesmal mit Erfolg. »Der Herr Minister«, meldet er nun seinem Chef, »wird mir in den kommenden Tagen entsprechendes Material übermitteln, damit sowohl im ARD-Programm […] als auch im Dritten Programm diese Themen aufgenommen werden können.«

Auch ich habe während meiner 28 Jahre beim öffentlich-rechtlichen Programm eine denkwürdige Begegnung mit dem BR-Hierarchen. Schauplatz ist die chinesische Stadt Qingdao, wo der bayerische Ministerpräsident Franz Josef Strauß eine Messe mittelständischer Unternehmen eröffnet. Bevor er feierlich das Band durchschneidet, teilt sich die Festgesellschaft in zwei Gruppen: die Journalisten, zu denen ich mich als damaliger Peking-Korrespondent geselle, und die Honoratioren aus Regierung und CSU, zu denen, seine Zugehörigkeit offenbarend, flugs der Kollege Feller eilt.
Als ich den Ministerpräsidenten einige Tage später in Peking interviewe, fragt er mich nach meinem Auftraggeber. »Bayerischer Rundfunk«, antworte ich wahrheitsgemäß. »Na, der gehört mir ja«, scherzt Strauß mit der Jovialität des uneingeschränkten Herrschers. Wieviel Wahrheit in der Äußerung steckt, macht eine Einschätzung der Kritikerin Christiane Grefe deutlich: »Bliese die CSU vor dem Bayerischen Rundfunk zum Appell, wäre dieser lahmgelegt.«
Zwar hört zum Beispiel der langjährige NDR-Intendant Jobst Plog nicht auf zu wiederholen, daß das Proporzdenken der Vergangenheit angehöre und sich statt dessen die Qualifikation als Kriterium durchgesetzt habe. Doch hält diese Aussage nur begrenzt einer Überprüfung stand. Der wichtigste Grund für den partiellen Rückzug des Proporzes ist, wie ich meine, sogar ein Indikator für ein journalistisches Dilemma: die Entpolitisierung des Programms. Wer nichts mehr zu befürchten hat, kann auch die Schraube der Kontrolle lockern.

Dies führt direkt zu der zweiten historischen Zäsur mit nivellierender Wirkung. Das Thema Quote beherrscht erstmals Anfang der achtziger Jahre die Diskussion in den Chefetagen, wo man sich darauf einstellen muß, daß private Anbieter das öffentlich-rechtliche Monopol brechen. Die von der Politik und den Großverlagen forcierten neuen Kanäle werden, soviel steht fest, nach Profit und Massenwirkung streben. Das gehört, da sie sich aus Werbegeldern finanzieren, zu ihrem Wesen.

Anpassen oder profilieren? Darauf reduziert sich, stark vereinfacht, für die gebührenfinanzierten Anstalten die Perspektive. »Auf diese Frage«, schreibt der Publizist Heinz Friedrich, »gibt es seit Menschengedenken nur *eine* Antwort: Man muß sich entscheiden. Und zwar nicht etwa zwischen der reinen Lehre und der mehr oder minder läßlichen Sünde, sondern (und nur darauf kommt es an) für eine bestimmte Tendenz – nämlich entweder für die Tendenz der kulturproduktiven Qualität oder für die Macht oder gar Übermacht der Einschaltquoten, die leider oft nicht mehr liefern als Beiträge zur Statistik des schlechten Geschmacks«.

Die ARD und das ZDF entscheiden sich – zugunsten der Quote. Proporz plus Populismus: Es ist eine Mixtur, die – tendenziell – die Aufklärung degradiert und das Idyll befördert, die also die in den Statuten verankerten Wertigkeiten umkehrt. Ein paar subtile TV-Filme, einige engagierte Magazine und eine solide Nachrichtengebung können nicht darüber hinwegtäuschen, daß die inhaltliche Erosion alle Sparten erfaßt: vom Sport, der sich peu à peu sämtlicher kritischer Formate entledigt, über die Wirtschaft, die ihre Inhalte weitgehend auf Verbrauchertipps reduziert, bis zum Fernsehspiel, das an manchen Tagen, wie der ARD-Programmdirektor Günter Struve nicht ohne Genugtuung verkündet, einer »verfilmten Bahnhofsbuchhandlung« gleicht. In welchem Ausmaß das Kriterium, das die Hierarchen »Massenkompatibilität« nennen, selbst im Bereich der Kul-

tur durchschlägt, macht die Aussage deutlich, die kürzlich ein ehemaliger ARD-Kollege zu meiner umfangreichen Zitatensammlung beisteuerte. Den Vorschlag, den irischen Schriftsteller Samuel Beckett 2006 aus Anlaß seines 100. Geburtstages mit einem Themenschwerpunkt zu würdigen, bügelt die zuständige Redakteurin mit den Worten ab: »Ich lasse mir durch Beckett doch meine schöne Quote nicht kaputtmachen!«
Die Auswirkungen der programmatischen Zäsur auf die Informationssendungen bekomme ich schlagartig zu spüren, als ich 1995 nach 13 glücklichen Korrespondentenjahren in Peking und Singapur in meine Hamburger Zentrale zurückkehre. Trieben die Hauptabteilung Zeitgeschehen vor meinem Weggang noch Probleme wie die Kluft zwischen der Ersten und Dritten Welt oder die Endlagerung atomarer Brennstäbe um, so elektrisiert es sie nun, wenn im Harz ein paar Autos im Schnee steckenbleiben, im Hamburger Hafen ein Luxusliner anlegt oder Lady Diana mit einem neuen Liebhaber gesichtet wird. Ein Experte für blaues Blut hat unter solchen Umständen einen höheren Stellenwert als ein Fachmann für die Defizite der Konsumgesellschaft. Der trägt sowieso längst ein Stigma auf der Stirn: Gutmensch.

Am heftigsten hat der Blitz der Boulevardisierung, wie ich mit Staunen feststelle, in den regionalen Sendungen eingeschlagen. Sie sind innerhalb der ARD aus dem Vorabend in die Dritten Programme abgewandert und haben dort die letzten Reste des Bildungsfernsehens verdrängt. Dies wäre zu verkraften gewesen, wenn man die Veränderung als Chance genutzt hätte, das zunehmende Bedürfnis nach regionaler Identität durch Elemente wie Aufklärung und Kritik abzufedern und so ein modernes, weltoffenes Heimatgefühl zu fördern.

Doch wenn ich durch die deutsche Provinz reise und im Hotelzimmer das Regionalprogramm einschalte, bekomme ich fast überall die gleichen Stereotypen serviert: bruzzelnde Köche, blühende Wiesen, oberflächlichen Talk, kieksende Blondinen, schöne Fassaden, hinter die man kaum noch blickt. Selbst was die Sender als »Information« verkaufen, reichern sie mit Seichtem an. So schickt zum Beispiel der NDR einen Reporter zu den Meisterschaften im Becherstapeln nach Neumünster. Auch die WM im Käserollen ist ein Thema. Die Taufe eines dänischen Prinzen ist dem Sender eine Sondersendung wert, der Störfall im Atomkraftwerk Krümmel vor den Toren Hamburgs nicht.

Und arg gelitten hat auch die Interviewkultur. Als das Hamburger Regionalmagazin die verflossenen zwölf Monate Revue passieren läßt, lautet eine der Fragen an den Bürgermeister Ole von Beust: »Wenn Sie auf das Jahr zurückblicken: War es ein gutes?« Diese Service-Passage könnte man Journalistenschülern als abschreckendes Beispiel vorführen.

Ein Kameramann des Norddeutschen Rundfunks, eines Senders, der mal als Hochburg des analytischen Journalismus und des intellektuellen Diskurses galt, erzählte mir neulich, wie man sich in seinem Kreis auf den Bereitschaftsdienst für die regionalen Sendungen vorbereitet. »Wir kaufen uns die *BILD*-Zeitung – und dann wissen wir, welche Themen auf uns zukommen.« Ich erinnere mich noch gut an die Zeiten, in denen sich das lokale Magazin des NDR als Korrektiv zum rechtslastigen Springer Verlag, vor allem aber zu dessen täglichem Boulevardblatt verstand. Es während meines ersten Rundgangs durch die Redaktionen auf fast jedem Schreibtisch liegen zu sehen gehört zu den Schockerlebnissen nach meiner Rückkehr aus Asien.

Auf eine »extreme Boulevardisierung«, die »praktisch die Projizierung der *BILD*-Zeitung auf die Mattscheibe« bedeute, stößt der Dortmunder Kommunikationswissenschaftler Horst Röper auch bei den Lokalausgaben des Westdeutschen Rundfunks. Die »Entpolitisierung der Dritten Programme«, so der Forscher, »sorgt selbst im Rundfunkrat für Irritation«. Der Medienexperte Tilman P. Gangloff urteilt: »Kritischer Regionalismus war gestern; heute dominieren Heimattümelei, Kochtopfjournalismus, Infotainment und Boulevardisierung [...] Eine eigene Handschrift der Autoren gilt als verpönt. Bloß nicht anecken ...«

Die Anstaltshierarchen wehren Kritik, auf die sie ohnehin allergisch reagieren, gern mit dem Hinweis auf ihre ohne Frage verdienstvollen Programmschöpfungen ARTE, 3sat und Phoenix ab. Doch erstens, so muß man einschränkend anmerken, hängt deren Standard stark vom Niveau der Zulieferungen aus der ARD und dem ZDF ab, und zweitens können diese Sender den Kahlschlag nicht kompensieren, der fast alle anderen Bereiche getroffen hat.
Entertainment kontra Ernsthaftigkeit – zum Ausgang dieses Duells liegen ein paar eindrucksvolle Zahlen vor. 1994 senden die öffentlich-rechtlichen Anstalten 18 Stunden Karneval, davon 11 Stunden zur Prime time. Fünf Jahre später sind es bereits 55 Stunden mit einem Prime-time-Anteil von 33 Stunden. Und während 1994 insgesamt 15 Informationssendungen durch die Übertragung von Sportereignissen ersetzt werden, sind es fünf Jahre später bereits 33 Stunden.

Einer der Pfeiler der öffentlich-rechtlichen Unterhaltung ist die Volksmusik. Bis zu neun Millionen Zuschauer schalten ein, wenn im ZDF Carmen Nebel und in der ARD Florian Silbereisen, ein bleicher Zappelphilipp, dessen Grundhaltung der Bückling ist, durch die kitschigsten Kulissen schreiten und die immer gleichen Protagonisten mit den immer gleichen Melodien ansagen: »Schön, daß die Sonne heute wieder scheint«, »Mein Altar steht hoch in Bergen«, »Beuge dich vor grauen Haaren«. Als Zugabe entfährt den Kehlen bisweilen auch der pure Chauvinismus: »Ein Lied in unserer Sprache, wo wir zu Hause sind, das ist doch viel, viel schöner, als wenn man englisch singt.«

Der Tübinger Kulturwissenschaftler Eckart Frahm hat dieses nur im deutschsprachigen Raum beheimatete und von der echten Musik des Volkes um Lichtjahre entfernte Genre untersucht. Seine zentrale Erkenntnis: die Unerhaltungschefs und ihre Kompagnons von der Idyll-Industrie beuten das Harmoniebedürfnis ihrer vom Alltag gebeutelten Konsumenten zynisch aus. »Doch dieser Trost«, so Frahm, »ist in Wahrheit heimtückisch: Er beruhigt durch Ablenkung, er macht unfähig, die gesellschaftliche Wirklichkeit und Widersprüchlichkeit auszuhalten – und erst dann würden auch Fähigkeiten entwickelt, um das, was Leiden produziert, vernünftig umzugestalten. Dieser gesungene und gejodelte Trost stillt die Sehnsucht und das steigende gesellschaftliche Orientierungsbedürfnis auf die nämliche Art wie ein Glas Salzwasser den Durst; dieser Trost macht den Alltag langfristig gesehen nur noch unerträglicher. Allein die kommerziellen Fluchthelfer haben wirklich etwas davon.«

Der Publizist Georg Seeßlen diagnostiziert: »Statt der Provinz, die als Region Identität stiftet, wird das Bild eines allgemeinen Lebensgefühls von Provinzialität vermittelt. [...] Wir leben, will man den Volksmusiksendungen glauben, in der Provinz des deutschen Herzens. [...] Das Fernsehen hat es geschafft, was vorher nicht zu erreichen war: die perfekte Verbindung von Reichsparteitag, Sommerfrische, Stammtisch und Wohnzimmer.«

Auch der Kritiker Christian Kortmann zieht – und das

müßte die Anstalten alarmieren – Parallelen zum Dritten Reich. Über den Volksmusiknachwuchs, der in diesem herzlosen Gewerbe die alternden Stars von der Bühne drängt, urteilt er: »Heile Welt ist hier gleichbedeutend mit einem Bild der Jugend, das so brav und züchtig ist, wie es einst in Hitlerjugend und BDM gepflegt wurde.«
Das heißt: Eines der zentralen Unterhaltungsprogramme des öffentlich-rechtlichen Fernsehens verbreitet, milde ausgedrückt, reaktionäres Gedankengut. Schlimmer noch: Es macht seine Konsumenten abhängig von dieser musikalischen Droge, weil sie eines Tages gar nicht mehr in der Lage sind, subtilere Töne wahrzunehmen. Die »Regression des Hörens« nannte der Philosoph und Musiktheoretiker Theodor W. Adorno die physiologische Konsequenz einer ständigen Berieselung durch den seichten Sound.
Würden sie es an ihren eigenen qualitativen und ethischen Standards messen, dann müßten die Anstalten ihr Produkt »Volksmusik« eigentlich aus dem Programm nehmen oder die Droge – wozu sich das ZDF tatsächlich entschloß – zumindest sparsamer dosieren. Berufen könnten sie sich dabei auf ihren früheren Star Alfred Biolek, der Entertainment und Niveau im Sinne des öffentlich-rechtlichen Auftrags zu kombinieren verstand. »Haltung ist«, so Biolek, »etwas nicht zu tun, obwohl es ankommt.« Als ich den »Tümel-Terror« (*Süddeutsche Zeitung*) öffentlich kritisiere, entgegnet der NDR-Programmdirektor Volker Herres in einem Interview: »Wo man singt, da laß dich ruhig nieder.«

Die Politik nimmt Einfluß auf die Wahl des Personals. Die Technokratie verdrängt die Phantasie, die Quote die Qualität, die Affirmation die Analyse, das Idyll die Reflexion. Erosion also allenthalben. Das Endstadium von Erosion ist Wüste. Daran ändern auch die paar Blumen nichts, die selbst in der Sahara blühen. Kann es sein, daß die Zahl der Oasen wieder zunimmt? Besteht Hoffnung auf eine Umkehr oder zumindest eine Korrektur?

Sagen wir es so: Es gibt einen Hoffnungsschimmer. Ich entdecke ihn in den Reaktionen auf meine Streitschrift *Mattscheibe. Das Ende der Fernsehkultur* (2005), zu der ich mich trotz der Dankbarkeit für meine wunderbaren Korrespondentenjahre entschloß, weil ich radikale Veränderungen in einem so wichtigen Medium für einen diskussionspflichtigen Vorgang halte. Aus einem Stapel von Zuschriften und Dutzenden von Anrufen geht hervor, daß man meine Kritik vor allem im Bildungsbürgertum uneingeschränkt teilt und aus diesem für die Meinungsbildung bedeutenden Kreis bereits etliche Bürgerinitiativen gegen die Verflachung des Programms hervorgegangen sind.

Auch an der Basis der öffentlich-rechtlichen Anstalten bin ich auf kritisches Bewußtsein gestoßen. Besonders anrührend fand ich ein Erlebnis in einem Mainzer ZDF-Studio, in dem ich für die 3sat-Sendung »Kulturzeit« interviewt wurde. Kaum waren die Kameras ausgeschaltet, da stürzten auch schon aus allen Ecken Mitarbeiter auf mich zu, um mir zu versichern: »Sie haben uns aus dem Herzen gesprochen.«

Bei mehreren Diskussionsabenden erklärten mir Mitglieder von Aufsichtsgremien, mein Buch habe sie angeregt, in Zukunft stärker auf die Qualität des Programms zu achten. Bei einer Vortragsveranstaltung in Süddeutschland bedeutete mir sogar ein ehemaliger ARD-Intendant, daß er meiner Kritik »in jedem Punkt« zustimme. Dazu paßt eine Aussage von dem amtierenden Intendanten des Bayerischen Rundfunks, Thomas Gruber: »Vielleicht sollten wir«, so Gruber in der *Süddeutschen Zeitung*, »auf den einen oder anderen inhaltlichen Erfolg verzichten. Es gibt Dinge, die wichtiger sind als die Marktführerschaft. [...] Wir können nicht sagen, wir haben die besten Inhalte – aber erst kurz vor Mitternacht«.

Damit solchen Lippenbekenntnissen endlich Taten folgen, will ich meine wertkonservative Betrachtung mit einer konstruktiven Idee ausklingen lassen. Meine Quelle sind wieder die Exzerpte, die ich der Hof-Berichterstattung der ARD entnommen habe.

»In der Kirche«, beobachtet der Adelsreporter Rolf Seelmann-Eggebert in Erwartung einer royalen Hochzeitszeremonie, »muß es warm sein. Die Fächer werden in Bewegung gesetzt.« Als der Rolls-Royce mit dem Paar durchs Bild gleitet, enthüllt er über die Braut: »Sie sitzt rechts. Sie hat einen Hut auf.« Eine seiner Assistentinnen steht ihm an journalistischer Genauigkeit in nichts nach: »Prinz Charles zupft sich oft am Ärmel.«

Mein Rat an die Programmverantwortlichen: Nennt solche Sendungen doch einfach Satire! Als solche sind sie nämlich von höchster Qualität.

*Jürgen Bertram, geboren 1940, hat vierzig Jahre als Journalist gearbeitet, unter anderem beim* Spiegel, *beim Fernsehmagazin* Panorama *und als ARD-Korrespondent in Asien.*

## Sender

Später Nachmittag. Maiwald in seinem riesigen Büro. Er steht vor einem LCD-Monitor, der die Quoten anzeigt. Sie sind niedrig. Wütend macht er den Monitor aus. Über die Gegensprechanlage kontaktiert er seine Sekretärin.

MAIWALD
Lore? Schicken Sie mir bitte Frau Moll rein, ja? Danke.

Er wartet einen Moment. Es klopft, die Tür öffnet sich, herein kommt: Anna. Sie trägt ein sexy Business-Kostüm, tief ausgeschnitten, kurzer Rock, die blonden Haare offen. Maiwald geht mit offenen Armen auf sie zu.

MAIWALD
Anna!

Er umarmt sie und gibt Küßchen, dann sieht er sie an.

MAIWALD
Wie geht es dir? Du siehst wie immer umwerfend aus.

Anna lächelt anzüglich.

ANNA
Danke.

MAIWALD
So schade, daß wir uns so selten sehen … aber du weißt ja, wie das ist. Komm, setz dich.

Sie setzen sich auf eine edle Couchgarnitur.

MAIWALD
Jetzt erzähl mal. Wie läuft's denn so?

Anna freut sich, von ihrer Arbeit erzählen zu dürfen.

ANNA
Gut! Das Konzept für die neue Literaturshow, *Hit & Read*, in der Prominente mit Dartpfeilen auf Buchtitel werfen …

Maiwald geht das offensichtlich am Arsch vorbei, er unterbricht sie.

MAIWALD
Hast du mal wieder was von Rainer gehört?

Anna braucht 'nen Moment, um zu antworten.

ANNA *(verwirrt)*
Nein. Schon länger nicht mehr, wieso?

MAIWALD
Bevor er verschwunden ist, soll er sich angeblich intensiv mit der Quotenermittlung auseinandergesetzt haben, weißt du da was darüber?

Längere Nahaufnahme von Anna. Sie sieht Maiwald lange und direkt in die Augen.

Später. Es ist inzwischen Nacht. Maiwald ist allein im Büro. Er wählt selbst eine Nummer auf seinem Tischtelefon. Wir sehen ihn nur von hinten.

MAIWALD
Paul! Wie geht es dir? Was machen die Kinder!

Er hört sich die Antwort an, lacht.

MAIWALD
Klasse, das freut mich. Du, weswegen ich anrufe … ihr habt doch so ein System, mit dem man Handys orten kann, oder?

Maiwald spielt mit ’nem Kuli, während er der Antwort lauscht. Er nickt zufrieden.

***

## Pension, Computerzentrale

Maiwald steht an den Computern und hält eine Liste mit dem TV-Programm in den Händen, auf der handschriftlich neben hellgrün markierten Sendungen die Quoten notiert sind: +5%, -10% und so weiter. Er stößt Luft durch die Nase und nickt anerkennend. Da geht die Tür auf, Rainer kommt hereingestürmt, Frau Arnim, die Pensionswirtin, im Schlepptau. Maiwald dreht sich mit einer arroganten Verzögerung zu ihm um, als hätte er nichts zu befürchten und die Lage im Griff. Er begrüßt Rainer pseudo-erfreut, lächelnd.

MAIWALD
Rainer! Lang nicht gesehen!

Rainer schickt Frau Arnim weg, die geht raus und schließt die Tür.

MAIWALD
Gut siehst du aus! Fünf Jahre jünger. Kein Pulver mehr?

Rainer sagt zuerst nichts, dann:

RAINER
Was willst du?

Maiwald deutet auf die Computer, die Papiere, nickt anerkennend.

MAIWALD
Ich muß schon sagen, alle Achtung. Tolles System habt ihr hier aufgebaut. Hätt ich dir gar nicht zugetraut.

Rainer nähert sich Maiwald. Langsam, bedrohlich, fixiert ihn mit einem Blick aus der Hölle.

RAINER
Ich warne dich. Misch dich da nicht ein.

MAIWALD
Ruhig, ganz ruhig, Rainer. Ein Anruf und ihr sitzt alle im Knast, klar?

Maiwald hebt sein Handy hoch, um die Drohung zu unterstreichen. Rainer ballt die Fäuste, aber er muß stehenbleiben. Maiwald senkt seinen Arm wieder. Die beiden Kontrahenten fixieren sich. Sekundenlange Stille.

MAIWALD
Mein Gott, Rainer … war's das wert? War's das wirklich wert?

Rainer antwortet nicht.

MAIWALD
Deine Wohnung verkauft, deine Karriere ruiniert … und wozu? Um zu beweisen, daß Fernsehen dumm macht? Ganz was Neues.

Rainer sagt nichts.

MAIWALD
Guck mal, Rainer, es ist doch so: Vor zwanzig Jahren haben die Leute sich über das Waldsterben aufgeregt und für den Weltfrieden gebetet. Heute geht's ausschließlich um die Ärsche von Paris Hilton und Brad Pitt, und die Leute finden's super! Die vermissen gar nichts! Merkst du was?

Später. Rainer und Maiwald stehen sich immer noch gegenüber, in einer Entfernung von etwa zwei Metern.

MAIWALD
Du hast 'ne Modebewegung ausgelöst, na und? Die Leute haben 'ne Weile über Bücher geplappert wie sonst übers Fernsehn. Hast du ernsthaft geglaubt, das würde irgendwas ändern? An ihrer Natur?

Rainer senkt den Kopf, macht einen Schritt näher, Maiwald hebt drohend das Handy, Rainer stoppt.

MAIWALD
Das ist die alte Nahrungskette, Rainer. Dieser ganze 68er-Scheiß hätte uns doch fast in den Ruin getrieben. Es können nun mal nicht alle auf dem Siegertreppchen stehen. Der Rest muß beschäftigt werden! Meinst du, das geht mal eben

so? Mit dem Fernsehen haben wir das stabilste System aller Zeiten ermöglicht. Die Leute sind weg von der Straße, und keiner kommt mehr auf dumme Gedanken. Wir machen die Welt nicht kaputt, wir bewahren sie!

Rainer wird immer wütender. Er mahlt mit den Kiefern. Es sieht so aus, als würde er Maiwald gleich an die Gurgel springen, ohne Rücksicht auf Verluste.

RAINER *(gepreßt)*
Faschist!

Maiwald lacht nur darüber.

MAIWALD
Das ist Schwachsinn, Rainer. Es gibt keinen Unterschied mehr zwischen Staat, Medien, Religion, Wirtschaft, Wissenschaft, Politik. Ein einziger Apparat dient jetzt dem Wohle des Menschheit.

Er deutet auf einen der Fernseher.

MAIWALD
Du gehst zur Arbeit, der Rest deines Lebens spielt sich in dem Kasten hier ab.

Rainer reicht's jetzt. Er hat genug gehört. Er macht den letzten Schritt zu Maiwald, nähert sich ihm auf Zentimeter.

RAINER *(leise)*
Verschwinde, oder ich mach dich fertig.

Maiwald zuckt kurz mit den Augenlidern, die Drohung klingt ernst. Dann hat er sich wieder im Griff.

Er dreht sich um und macht ein paar Schritte von Rainer weg, bleibt stehen, Rainer den Rücken zugewandt.

MAIWALD
Meinst du wirklich, ich lass mir von dir die Karriere ruinieren?

Schluß mit lustig. Maiwald wirkt knallhart. Er dreht sich wieder zu Rainer, fixiert ihn mit stählernem Blick.

MAIWALD
Hier ist der Deal. Mit eurem hochgeistigen Programm macht ihr weiter, wie ihr wollt, aber die TTS-Quoten gehen um zehn Prozent rauf, stufenweise, in zwanzig Tagen. Dafür finanzier ich euch das alles hier. Pro Prozent kriegt ihr 100 000 Euro.

Rainer ist ein bißchen baff von dieser Ansage. Er ist ja einiges gewohnt, aber diese Verschlagenheit hätte selbst er nicht erwartet.

MAIWALD
Oder aber ihr wandert alle in den Bau. Du hast die Wahl. Ihr fangt heute noch damit an.

Ohne auf eine Antwort zu warten, geht Maiwald an Rainer vorbei zur Tür, öffnet diese, dreht sich noch mal um, süffisant grinsend.

MAIWALD
Schöne Grüße von Anna übrigens. Sie macht sich wirklich gut.

Er klopft zweimal auf den Türrahmen und verschwindet, vorbei an den wartenden Revolutionären.

Rainer starrt ihm düster nach. Die Crew kommt ins Zimmer gelaufen. Sie sehen Rainer fragend an. Was ist los? Rainer guckt nachdenklich.

***

## Sender, Maiwalds Büro

Maiwald, sichtlich erholt und gut gelaunt, kommt dynamisch ins Vorzimmer seines Büros gelaufen, Aktentasche in der Hand. Seine Sekretärin Lore springt eilfertig auf und nimmt ihm den Mantel ab.

MAIWALD *(dröhnend)*
Einen wunderschönen guten Morgen, Lore! Na, schönes Wochenende gehabt?

Lore wirkt etwas verkrampft.

LORE
Ja, Chef. Und Ihr Urlaub?

MAIWALD
Herrlich! *Herr-lich*, sag ich Ihnen! Seitdem Lucy den neuen Kiel hat, zieht sie durchs Wasser, *sa-gen-haft*.

Er deutet mit der Hand eine pfeilgerade Linie an. Dann zeigt er auf einen Stapel Papier auf Lores Tisch.

MAIWALD
Sind das die Quoten vom Wochenende?

Lore nickt und holt sie, dabei wirkt sie wieder unentspannt. Maiwald merkt es jetzt, seine gute Laune läßt etwas nach.

MAIWALD
So schlimm? Immer noch?

Lore antwortet nicht, hält sich nur eine Hand vor den Mund, guckt betreten weg. Maiwald stellt den Aktenkoffer ab und widmet sich dem Papier. Sein Gesichtsausdruck verfinstert sich. Er hört auf zu blättern.

Dann sieht er Lore direkt an.

MAIWALD
Geben Sie mir den Innenminister.

***

## Pension

Die Pension Arnim aus der Vogelperspektive. Alles ruhig. Aber das Gebäude ist von massiven Polizeieinheiten umstellt. Eine bewaffnete Antiterroreinheit lauert vor der Eingangstür. Maiwald steht beim Einsatzleiter und sieht finster zur Pension.
Der vorderste Maskierte der Spezialeinheit probiert vorsichtig die Türklinke. Die Tür läßt sich öffnen. Er gibt ein Zeichen. Der Einsatzleiter hebt das Funkgerät zum Mund.

EINSATZLEITER
Zugriff.

Genau in dem Moment öffnet sich mit Schwung die Eingangstür. Es ist Frau Arnim, die freundlich lächelt.

FRAU ARNIM
Guten Morgen. Möchte jemand Kaffee?

Die Männer vom Sondereinsatzkommando stehen verblüfft auf und sehen sie an wie eine Außerirdische.

## Pension, innen

Polizisten haben sich in der ganzen Pension verteilt. Verschiedene Zimmer werden geöffnet. Die Pension ist vollkommen leer. Maiwald kommt hereingestürmt, den Einsatzleiter im Schlepptau. Er läuft den Gang entlang zum Computerraum, öffnet die Milchglastür. Alles leer. Kein einziger Rechner mehr.
Maiwald hat kaum noch Farbe im Gesicht.

MAIWALD *(flüsternd)*
Ich bin erledigt.

Hinderk M. Emrich

# Der Partner, mit dem man nicht reden kann

## Warum Fernsehen entfremdet

Der französische Philosoph der Postmoderne Jean-François Lyotard stellt in seinem Buch *Das Patchwork der Minderheiten* die Sinnstellung des Kapitals in Frage: »Das Kapital ist jener Pseudoorganismus, der nicht in der Lage ist, einen Diskurs zu formulieren, der seine Wahrheit begründet. Es verfügt über keine Religion und keine Metaphysik, die seine Existenz erklären und rechtfertigen könnten. Nirgendwo ein ›deshalb bin ich hier, deshalb bin ich oder habe ich die Macht‹. Unsere Gesellschaft hat nicht nur keine Begründung, sie lehnt die Idee einer Begründung, einer höchsten Autorität, im Innersten ab. Statt dessen übernimmt das Kapital die Initiative – in gewisser Hinsicht eine geniale Perspektive, weil die Sinnfrage dadurch vollständig umgekehrt wird. Den Sinn zu begründen, d. h. ihn von anderswoher zu empfangen: darüber kann ich nur lachen, sagt das Kapital, ich schlage Axiomatiken vor, d. h. Entscheidungen darüber, was Sinn haben soll. Ich schlage vor, den Sinn zu wählen.« Analog läßt sich fragen, ob die Medienmacher, speziell des Fernsehens, sich der Frage nach einer »Sinnstellung« im Sinne Heideggers für insbesondere virtuelle Medien in irgendeiner Weise bewußt sind.

Medien, insbesondere das Fernsehen, verführen durch ihre suggestiv-manipulativen Möglichkeiten und den Eingriff in das private Leben zur Unselbständigkeit, zur ständigen Abgelenktheit von sich selbst und zur Abspaltung, Unterdrükkung des Eigenen, ja Eigentlichen; besonders gravierend derzeit das Internet, in dem Menschen regelrecht verschwinden können.

Genial an dem Film von Hans Weingartner ist die Idee, erst einmal eine Verschwörungstheorie zu entwickeln, nach der die Einschaltquoten des Fernsehens manipuliert sind, dann zu zeigen, wie die Selbstmanipulation der Quoten und durch die Quoten funktioniert, und eine Utopie zu entwikkeln, diese zu überwinden.

Der Medientheoretiker Siegfried Zielinski sagte einmal in einer Vorlesung: »Das Fernsehen ist kein Heimkino; es ist ein umgebautes Radio, ein Quasselapparat.« Aber auch als »Quasselapparat« ist der Fernsehapparat ungeeignet. Das Fernsehen ist der Partner, mit dem man nicht reden kann: Es ist nicht kontextualisiert und es antwortet nicht. Es ist als »Lehrmeister der Nation« ungeeignet.

Ich möchte deutlich machen, warum ich meine, daß das Phänomen »Medialität« für unsere Gegenwartskultur so außerordentlich bedeutungsvoll ist. Stellen wir uns einmal vor, wir hätten Atombomben, wir wüßten aber gar nicht, wie sie funktionieren: Unter welchen Bedingungen schalten sie sich quasi ein, unter welchen Bedingungen kann man sie wieder abschalten? Vielleicht haben wir gar keine Theorie der Atombomben, zumindest haben wir keine Theorie darüber, wie man es schafft, einen dauerhaften Frieden zu garantieren – obwohl schon Immanuel Kant darüber eine große Arbeit verfaßte und Karl Friedrich von Weizsäcker zusammen mit Jürgen Habermas das Friedensforschungsinstitut der Max-Planck-Gesellschaft am Starnberger See gründete. Nun scheint mir das Bemerkenswerte an der Gegenwartskultur zu sein, daß wir zwar mit Massenmedien überall konfrontiert werden, daß sie auch tief, gestaltend, in unser soziales, politisches, privates und öffentliches Leben eingreifen, daß wir aber über die Frage, was Medien eigentlich sind, was Medialität bedeutet, in welcher Weise wir mit Medien umgehen können, welche Schädigungspotentiale in ihnen liegen, wenn wir sie quasi »ungefiltert« längere Zeit in uns einwirken lassen: daß wir darüber letztlich überhaupt nichts wissen und daß vermutlich die Forschungserkenntnisse, die es auf diesem Gebiet gibt, weitgehend unterdrückt beziehungsweise geheimgehalten werden. Ich selber habe in den letzten Jahren versucht, die Medien als »Partner« zu benutzen, um – gewissermaßen als eine Art Gegenbewegung eines Wissenschaftlers – zu erreichen, daß zumindest ein kleines Bruchstück an »Authentizität« aus einem Außenseiterfachgebiet (der Psychiatrie) Teil unserer kulturellen Prägung wird. Letztlich können wir den Medien ja ohnehin nicht entrinnen, und die Frage ist dann: Wie geht man mit ihnen um? Können sie auch gebändigt, können sie gestalterische Partner werden?

Ich habe mich einmal gefragt, warum so viele Science-fiction-Filme davon handeln, daß Computer künstliche Menschen erzeugen. Ist es nicht so, daß wir häufig, wenn wir in der U-Bahn oder in Bahnhofsnähe unterwegs sind, den Eindruck haben, daß Menschen irgendwie »zu« sind, völlig in sich verschlossene Wesen, die »künstlichen Menschen« nicht ganz unähnlich sind, häufig völlig introvertiert irgendwelchen Technomusikräuschen verfallen? Sie wirken wie Roboter, unauthentisch, sind vermutlich vor dem Fernsehen aufgewachsen, von Müttern gefüttert, die gleichzeitig durch das Fernsehen abgelenkt waren, ohne Augenkontakt. Selbst Säuglinge schauen heute fern, und falls sie Musik hören, so ist es nicht der Gesang ihrer Eltern, sondern es ist eine CD, die man ihnen vorspielt. Die Forschungsergebnisse der Gegenwart scheinen dafür zu sprechen, daß mit drei bis vier Stunden pro Tag eine Fernsehdosis erreicht ist, die wirkliche Schädigungspotentiale enthält.

Fragen wir nach großen Theoretikern unseres heutigen

Themas, nach Medialität und Vermittlung im Sinne von modernen Medien, so fallen uns einige wenige große Namen ein: Walter Benjamins Text *Das Kunstwerk im Zeitalter seiner technischen Reproduzierbarkeit*, außerdem Horkheimers und Adornos *Dialektik der Aufklärung*, ein Werk, in dem die beiden Philosophen und Soziologen das Massenmedium Fernsehen dahingehend kritisieren, daß die fundamentalen Änderungen, die sich aus den manipulativen Rückwirkungen des Fernsehens ergeben, zu Schädigungspotentialen führen können, die sie allerdings durch quantifizierende Studien und qualitative Erhebungen noch nicht absichern konnten. Inzwischen kann als gesichert gelten, daß gerade das Fernsehen in der Kindheit, speziell in der frühen Kindheit, zu psychischen Entwicklungsstörungen führen kann, weil Fernsehen eben für das Kind völlig unnachvollziehbar ohne Kontexte mit dem realen Leben auf das Kind einwirkt, so daß dieses Kind auf das, was es da sieht, nicht adäquat reagieren kann. Die Folge ist die Tendenz zu mangelnder Empathiefähigkeit, zu einem Unvermögen, im Sinne des »einfühlenden Verstehens« sich in das Innenleben anderer Menschen zu versetzen und dadurch die Innerlichkeit anderer Menschen zu respektieren und Gewalt zu vermeiden.

So kann man damit die Frage stellen, inwieweit unsere Wirklichkeit einer entfremdeten Pseudokommunikation dazu führt, daß Menschen vereinsamen, entwurzelt werden und in Medienabhängigkeit geraten. Hans Weingartner sagt hierzu: »Diese Gesellschaft hat sich selbst verloren. Sie ist erschlagen vom Lärm. Nichts ist mehr wichtig, weil alles nebeneinandersteht … Wir trauern nicht mehr und nehmen nichts mehr ernst.«

Was Medialität »wirklich« ist, das hat die Forschung bisher nicht wirklich klären können. Letztlich geht es um das Mediieren, um ein Nahebringen, um »Vermittelung«, das Aufeinanderbeziehen von Verschiedenem, eines der Hauptthemen des deutschen Idealismus (Fichte, Schelling, Hegel). Welchen Sinn aber macht Vermittlung dann, wenn nichts mehr als real angesetzt wird, das es zu vermitteln gibt und mit dem etwas zu vermitteln sein könnte? Wenn wir in einem Wirklichkeits- und Weltbild purer Fiktionalität versinken, dann sinken die Botschaften zu »purer Botschaftslosigkeit« herab. Zusammenfassend läßt sich fragen, wieweit haben Medien eigentlich noch die Aufgabe verinnerlicht, Wirklichkeit abzubilden und diese zu mediieren? Wenn die Medien dies wieder tun würden, wären wir dann nicht freigesetzt, könnten wieder atmen und unser Leben leben?

*Hinderk M. Emrich ist Professor und Facharzt für Neurologie und Psychiatrie und Leiter der Abteilung Klinische Psychiatrie und Psychotherapie der Medizinischen Hochschule Hannover.*

## Schrebergartensiedlung, Gartenhaus

In dem Gartenhaus befindet sich die Gang. Sie sitzen oder liegen herum. Rainer sitzt in einer Ecke in einem Schlafsack, läßt vollkommen deprimiert den Kopf hängen. Er zittert beim Sprechen, wirkt kraftlos und friert. Pegah sitzt neben ihm, ebenfalls fertig. Der Raum ist mit braun-gelben Möbeln aus den sechziger Jahren eingerichtet. Die Tapete ist häßlich und schadhaft. Der Kamin funktioniert schon lange nicht mehr. Müll liegt herum. Es ist kalt, alle sind in dicke Jacken gepackt.
Phillip kommt aus einem Nebenraum, drückt gerade auf den Ausknopf seines Funktelefons. Er beginnt zu sprechen, einige schauen ihn an.

PHILLIP
Das war meine Oma. Bis Freitag müssen wir hier raus.

Sebastian, der am Tisch sitzt, fährt sich verlegen durchs Haar.

SEBASTIAN
Zwei Leute könnten bei mir im Bus übernachten.

Rainer hebt abwehrend die Hände, winkt ab. Er spricht fahrig, zittrig.

RAINER
Laß mal. Wir finden schon was. *(wirr)* Das Wichtigste is' jetzt, daß daß daß wir das System wieder zum Laufen kriegen. Wir müssen … äh … so schnell wie möglich die Computer …

Er zeigt auf die rumstehenden Geräte. Die anderen sehen ihn an mit einer Mischung aus Mitleid, Peinlichkeit, Staunen. Wer bringt ihm bei, daß es vorbei ist?

PHILLIP
Rainer …

RAINER
Ja?

PHILLIP
Rainer … die haben die Rufumleitungen sicher schon entdeckt und … selbst wenn nicht, wenn wir das System wieder anschließen, haben die uns in drei Minuten geortet.

RAINER
Na okay, sicher, aber …

Er sucht verzweifelt nach einer Lösung, es fällt ihm keine ein.

RAINER
Was sagt ihr denn dazu?

Schweigen in der Runde. Rainer läßt resignierend den Kopf sinken, atmet hörbar aus. Er zuckt mit den Schultern, schüttelt den Kopf. Pegah setzt sich zu ihm, tröstet ihn.

RAINER
Scheiße.

Pause, keiner spricht.

HARRY
Wir haben's wenigstens versucht.

Phillip stößt zynisch Luft durch die Nase.

PHILLIP
»Versucht«! Was, bitte, haben wir denn versucht?

HARRY
Na ja, äh …

PHILLIP
Das war so sinnvoll wie im Winter mit'm Heizstrahler die Stadt zu erwärmen. Vollkommen idiotisch. Für'n Arsch.

Die Tür fliegt mit einem Knall auf, großes Erschrecken in der Runde. Bernd stürmt keuchend in den Raum und knallt eine Zeitung auf den Tisch. Er zeigt auf die Zeitung und

möchte etwas sagen, kann aber nicht, kriegt keine Luft. Die Gruppe beugt sich über die Zeitung. Überraschtes Gemurmel.

HARRY
Wahnsinn! Das gibt's doch nicht.

KARL-HEINZ
Ist die von heute?

BERND
Ja.

Kurze Stille, dann bricht unbeschreiblicher Jubel los. Allgemeines In-die-Arme-Fallen.

Nur Gopal kapiert nicht, was los ist. Er wendet sich an Sebastian.

GOPAL
Was ist los?

SEBASTIAN
Die Leute gucken immer noch die guten Sachen, obwohl wir schon seit zwei Wochen die Quoten nicht mehr manipulieren!

GOPAL
Ah so!

Gopal nickt und lacht mit.

Detail Zeitung, Schlagzeile: »Fernsehrevolte geht weiter«. *Monitor* ganz oben, Rosamunde Pilcher ganz unten.

PHILLIP
Verrückt, oder?

RAINER
Ich hab's dir doch gesagt. Die Menschen sind nicht dumm.

PHILLIP
Das heißt, wir machen weiter, oder?

RAINER
Worauf du einen lassen kannst.

PHILLIP
Haßloch?

RAINER
Haßloch.

GOPAL
Haßloch? Was ist Haßloch?

PHILLIP
Haßloch ist ein Dorf in Rheinland-Pfalz, mit einem für Deutschland angeblich repräsentativen Bevölkerungsquerschnitt. Da kaufen die Leute mit Chipkarte ein. Alles, was in Deutschland ins Regal kommt, wird vorher in Haßloch getestet. Versteht ihr? Dort entscheidet sich, was schlußendlich verkauft wird und was nicht.

HARRY
Auf nach Haßloch!

## Darsteller und Stab

Darsteller: **Moritz Bleibtreu, Elsa Sophie Gambard, Milan Peschel, Gregor Bloéb, Simone Hanselmann, Tom Jahn, Andreas Brandt, Robert Viktor Minich, Ralf Knicker, Irshad Panjatan**

Regie: **Hans Weingartner** Drehbuch: **Katharina Held, Hans Weingartner** Kamera: **Christine A. Maier** Casting: **Simone Bär, Nadine von Volkmann, Markus Schleinzer** Regieassistenz: **Sebastian Fahr-Brix** Ton: **Stefan Soltau** Szenenbild: **Udo Kramer** Schnitt: **Andreas Wodraschke** Kostüm: **Thomas Oláh** Maske: **Martha Ruess** Musik: **Andreas Wodraschke, Adem Ilhan** Mischung: **Bernhard Maisch** Herstellungsleitung Österreich: **Bruno Wagner** Ausführender Produzent: **Karsten Aurich** Produzenten: **Hans Weingartner, Antonin Svoboda**

Eine **kahuuna films** Produktion in Koproduktion mit **coop99 filmproduktion** mit Unterstützung von **Medienboard Filmförderung & Standortmarketing in Berlin-Brandenburg, BKM Filmförderung des Bundes, Österreichisches Filminstitut, Filmfonds Wien, FFA Filmförderungsanstalt**. Hergestellt in Zusammenarbeit mit dem **ORF (Film/Fernsehabkommen)**. Im Verleih von **Kinowelt Filmverleih**. Im Weltvertrieb von **The Match Factory**.

## Quellennachweis

Gustav Seibt, »Die Bildungskatastrophe, die Wertedebatte und die heillose Macht des Vulgären in den Massenmedien« erschien in leicht veränderter Form erstmals in der *Süddeutschen Zeitung* vom 29. April 2006.

## Bildnachweise

Die Abbildungen auf den Seiten 16, 19, 22, 34, 37, 38, 52, 54, 59, 72, 76, 135, 160, 192, 195, 197 sowie auf den Seiten 2, 3 oben, 5, 6, 7 oben und 8 des Bildteils: Amelie Losier (© kahuuna films).
Die Abbildungen auf den Seiten 28, 32, 73, 75, 78, 79, 100, 101, 103, 142, 143, 146, 147, 158, 162 sowie auf den Seiten 1 und 4 des Bildteils: Hans Weingartner (© kahuuna films).
Die Abbildungen auf den Seiten 94 und 129 sowie auf den Seiten 3 unten und 7 unten des Bildteils: Marcel Jorge Mettelsiefen (© kahuuna films).

## »Das Medienzeitalter« in der edition suhrkamp

**Pierre Bourdieu.** Über das Fernsehen. Übersetzt von Achim Russer. es 2054. 140 Seiten

**Cyberhypes.** Möglichkeiten und Grenzen des Internet. Herausgegeben von Rudolf Maresch und Florian Rötzer. es 2202. 270 Seiten

**Der digitale Wahn.** Herausgegeben von Bernhard Bürdek. es 2146. 150 Seiten

**Digitaler Schein.** Ästhetik der elektronischen Medien. Herausgegeben von Florian Rötzer. es 1599. 578 Seiten

**Andreas Dörner.** Politainment. Aufklärung durch Unterhaltung. es 2203. 272 Seiten

**Gottschalk, Kerner & Co.** Showmaster – der ganz normale Star. Herausgegeben von Rolf Parr und Matthias Thiele. es 2175. 280 Seiten

**Jochen Hörisch.** Brot und Wein. Die Poesie des Abendmahls. es 1692. 295 Seiten

**Jochen Hörisch.** Gott, Geld und Medien. Studien zur Medialität der Welt. es 2363. 240 Seiten

**Jochen Hörisch.** Kopf oder Zahl. Die Poesie des Geldes. Mit Abbildungen. es 1998. 370 Seiten

**Jochen Hörisch.** Ende der Vorstellung. Die Poesie der Medien. es 2115. 292 Seiten

NF 318/1/5.04

**Kluges Fernsehen.** Alexander Kluges Kulturmagazine. Herausgegeben von Christian Schulte und Winfried Siebers. Mit zahlreichen Abbildungen. es 2244. 266 Seiten

**Richard Meng.** Der Medienkanzler. Das System Schröder. es 2265. 256 Seiten

**Thomas Meyer.** Mediokratie. Die Kolonisierung der Politik durch das Mediensystem. es 2204. 240 Seiten

**Microsoft.** Medien – Macht – Monopol. Herausgegeben von Alexander Roesler und Bernd Stiegler. es 2281. 272 Seiten

**Mythos Internet.** Herausgegeben von Stefan Münker und Alexander Roesler. es 2010. 394 Seiten

**Andreas Neumeister.** Angela Davis löscht ihre Website. es 2310. 120 Seiten

**Popvisionen.** Links in die Zukunft. Herausgegeben von Klaus Neumann-Braun, Axel Schmidt und Manfred Mai. es 2257. 280 Seiten

**Praxis Internet.** Kulturtechniken der vernetzten Welt. Herausgegeben von Stefan Münker und Alexander Roesler. es 2254. 288 Seiten

**Roberto Simanowski.** Interfictions. Vom Schreiben im Netz. es 2247. 208 Seiten

**Soundcultures.** Über elektronische und digitale Musik. Herausgegeben von Marcus S. Kleiner und Achim Szepanski. Mit einer Musik-CD. es 2303. 240 Seiten

NF 318/2/5.04

**Telefonbuch.** Beiträge zu einer Kulturgeschichte des Telefons. Herausgegeben von Stefan Münker und Alexander Roesler. es 2174. 208 Seiten

**TeleVisionen.** Herausgegeben von Stefan Münker und Alexander Roesler. es 2091. 240 Seiten

**Viva MTV!** Popmusik im Fernsehen. Herausgegeben von Klaus Neumann-Braun. es 2090. 320 Seiten

**Wahl-Kämpfe.** Betrachtungen über ein demokratisches Ritual. Herausgegeben von Andreas Dörner und Ludgera Vogt. es 2264. 200 Seiten

NF 318/3/5.04

NF 607/1/7.07

## Driving Home

### Weihnachtsgeschichten

Herausgegeben von
Jörn Morisse und Stefan Rehberger
st 3810. 168 Seiten

*Driving Home ... for Christmas.* Einmal im Jahr fahren Heerscharen gestandener Großstädter zu ihren Eltern, um sich – Widerstand zwecklos – wieder in Söhne und Töchter zu verwandeln. Es erwarten sie: eherne Rituale, das alte Kinderzimmer, abendliche Treffen mit anderen Heimkehrern, die auch nicht jünger werden. Und eine Befangenheit, die erst verfliegt, wenn sie anderen davon erzählen und den Druck dadurch verpuffen lassen können – bis zum nächsten Jahr. Driving Home, das sind leichte, bittere, ironische und nostalgische Geschichten – ein unterhaltsames und geistvolles Lesebuch mit Originaltexten von Natalie Balkow, Paul Brodowsky, Kerstin Grether, Guy Helminger, Kathrin Passig, Jagoda Marinić, Thees Uhlmann, Kevin Vennemann, Linus Volkmann und vielen mehr.

NF 605/1/7.07